DAS BUCH

»Auf ein Frühstücksei ...« – mit dieser Ansage lädt Moritz von Uslar seit fünf Jahren Prominente zu einem morgendlichen Gespräch für seine gleichnamige monatliche Kolumne in der *Zeit* ein. Dabei beginnt Uslars Autorenschaft schon bei der eigenwilligen Auswahl seiner Gesprächspartner: dazu gehören Politiker und professionelle Meinungsmacher genauso wie Hauptstadt-Hipster, aber auch Künstler und Intellektuelle, kurz, das Personal der Berliner Republik. Moritz von Uslars Kunst besteht darin, eine entspannte, saloppe und intime Gesprächssituation herzustellen, in der er seine Gäste dann mit ihrem Image, mit Fragen zu Politik und Kultur und einfach nur mit dem speziellen Uslar-Interviewstil konfrontiert. So entsteht ein Psychogramm des Interviewten sowie ein Abbild der deutschen Politik und Gesellschaft.

DER AUTOR

Moritz von Uslar, geboren 1970 in Köln, war Redakteur beim Magazin der *Süddeutschen Zeitung* und beim *Spiegel* und arbeitet heute bei der *Zeit*. Theaterstücke: »Freunde« (2000), »Freunde II« (2001), »Lulu« (2004); gesammelte Interviews: »100 Fragen an ...« (KiWi 829, 2004); Roman: »Waldstein oder der Tod des Walter Gieseking am 6. Juni 2005« (2006); »Deutschboden. Eine teilnehmende Beobachtung« (2010), »99 Fragen an ...« (2014).

KiWi

1579

Moritz von Uslar

AUF EIN FRÜHSTÜCKSEI MIT …

Mit einem Vorwort von Florian Illies

Kiepenheuer & Witsch

Dank an Adam Soboczynski, der sich die Kolumne
und den Kolumnentitel ausgedacht hat,
mir immer in Rat und Tat zur Seite stand
und auch sonst so ungefähr der beste Redakteur ist,
den ein Autor sich wünschen kann.

Die hier versammelten Texte erschienen zuerst in der *ZEIT*

MIX
Papier aus verantwortungsvollen Quellen
FSC® C083411
FSC
www.fsc.org

Verlag Kiepenheuer & Witsch, FSC® N001512

1. Auflage 2017

Umschlaggestaltung: Rudolf Linn, Köln
Umschlagmotiv: © Peter Stemmler
Gesetzt aus der Adobe Jenson Pro
Satz: Buch-Werkstatt GmbH, Bad Aibling
Druck und Bindung: CPI books GmbH, Leck
ISBN 978-3-462-05115-5

INHALT

AUF EIN FRÜHSTÜCKSEI MIT …

Gibt es Sie eigentlich auch als Menschen?

ÜBER DIE »FRÜHSTÜCKSEIER« VON MORITZ VON USLAR

Komplett falsch, dass ich dieses Vorwort schreibe, denn ich habe keinerlei Distanz, weder zum Autor noch zu dem Ort, an dem diese »Frühstücksei«-Kolumnen zuerst erschienen sind, dem Feuilleton der *ZEIT*.

Aber da es in diesen kleinen großen Texten ohnehin immer nur um die Frage von Nähe und Distanz geht, um die zwischen dem Autor und den Porträtierten und die zwischen dem Porträtierten und der Kunstfigur, die er von sich in der Öffentlichkeit erschafft, ist Nähe am Ende doch keine schlechte Kategorie. Denn natürlich kommt einem, wenn man selbst schreibt, auch dieser Von-Uslar-Sound schnell so nahe, dieses wunderbar hellwach Verschluffte, Blinzelnde, dass man höllisch aufpassen muss, ihn nicht zu imitieren. Darum habe ich dann auch schnell die Idee verworfen, für dieses Vorwort den Autor selbst zum Frühstücksei zu treffen. Ich hätte mich vollkommen darin verheddert, im Imitieren originell sein zu wollen. Dann hätte ich immer, wenn ich ihn fragen würde, warum er, verdammt noch mal, nicht endlich ganz von Berlin nach Oberfranken segelt, seinen Heimathafen, denken und schreiben müssen: »Kitschfrage.« Oder, wie es von Uslar so gerne schreibt, ihm die »blöde« beziehungsweise »naheliegende Frage« stellen, warum er, dieser leidenschaftliche Langschläfer und Freund des Feierabendbierchens, sich eigentlich immer wieder Kolumnen ausdenkt, die spätestens »Morgens um halb zehn in Deutschland« (im *ZEITmagazin*) spielen oder, wie bei den Frühstückseiern, eben sogar manchmal um halb acht? Ich hätte über seine wirklich besonderen Augen schreiben müssen, über seinen manischen Hang zu Mützen und seine Neigung, diese Mützen dann zwar gerade, seinen Kopf darunter aber immer leicht schief aufzusetzen. Also besser: nein.

Lieber die Frage, warum das »Frühstücksei« so perfekt ist als Kolumnentitel. Weil allein das, was die Porträtierten bestellen als Eierspeise (und welches Café als Identitätsausweis sie auswählen) bereits so viel über sie erzählt. Wenn man dann noch liest, ob sie es schlürfen, löffeln, gabeln, verschlingen oder beiläufig in den Mund verschwinden lassen, dann hat man sie bereits ziemlich gut kennengelernt. Man kann es auch so sagen: Alle treten mit ihrer morgendlich intakten Eierschale Moritz von Uslar entgegen, manche haben sie sogar österlich eingefärbt. Und dann klopft er diese ganz langsam weich, mit seinen Blicken, seinen Pausen, seinen Fragen – und am Ende mit seinen Worten pellt er sie dann ab. Wenn einer so tut, als habe seine Schale keinerlei Risse, wenn die demonstrative Selbstgewissheit zu laut wird, dann schnaubt er schon mal: »Ach, ihr Fernsehprofis.« Und in diesen Worten mischt sich dann Respekt mit Mitleid. Denn dass das Dauerleben in der Öffentlichkeit eine Hölle ist, das weiß Moritz von Uslar, das ist die Grundbedingung für jede Begegnung, doch er sucht sich als Interviewpartner immer nur die aus, die sich dieser Hölle freiwillig ausgesetzt haben. Und die Frage, die er nie stellt, aber die immer im Raum steht, egal ob er mit Sängern, Schauspielern, Politikern oder Moderatoren sein Ei isst, lautet: Warum tun Sie sich das eigentlich an? Und: Gibt es Sie eigentlich auch noch als Menschen?

Es ist ein großes Vergnügen, dem Autor zuzuschauen (und man hat ja als Leser wirklich das Gefühl dabeizusitzen), wie er seine Gäste langsam umkreist, umgarnt, wie er ihnen Fallen zu stellen versucht. Am abgründigsten immer diese »Stimmt die Geschichte, dass«-Fragen, wenn das Gespräch ins Stocken gerät. Dass ist immer völlig hanebüchen, was von Uslar sich da als Geschichte ausdenkt oder aufgegabelt hat, aber gerade durch das Dementi entlockt er dem Gegenüber dann plötzlich doch eine Geschichte, die stimmt. Es ist wie Schach zwischen zwei Profis – ein Belauern, denn von Uslar weiß natürlich und schreibt es manchmal auch auf, was er »fragen müsste, um dem anderen einen Gefallen zu tun«. Aber das macht er nicht, weil er jemand anderen im Blick hat, dem er einen Gefallen tun möchte, nämlich, ganz altmodisch: den Leser. Unterhaltsamkeit steht bei diesem Feuilleton-Autor glücklicherweise nie unter Banalitätsverdacht, und Lesbarkeit hält er für eine journalistische Tugend. Moritz von Uslar will verdammt noch mal auf diesen 75 Zeilen herausbekommen, ob das Ei unter der Schale seines Gegenübers eigentlich hart oder weich ist. Ob unter der Schale am Ende gar nichts ist. Oder ob das Gegenüber leichte Panik hat, dass von Uslar zu klopfen und zu pellen beginnt. (»Köpfen« übrigens will dieser höfliche Interviewer niemand, diesen Ansatz hält er für eine lächerliche Selbstanmaßung seines Berufsstandes.) Viel lieber beschreibt er genüsslich, wie »brutal langweilig« es mit dem einen Gegenüber ist und wie aussichtslos, einen anderen von seinen gedrechselten Sprachabstraktionsebenen in die Niederungen des Eigelbs auf seinem Teller herunterzuholen.

Und natürlich macht die Lektüre dieser kleinen Texte etwas Großes auch mit uns als Lesern – wir werden genauso weich gekocht von Moritz von Uslar wie die Porträtierten. Denn uns werden beim Lesen unsere eigenen Klischees vor Augen geführt, wir dürfen erleben, wie der Autor dem Gegenüber genau die peinlichen, naheliegenden Fragen stellt, die wir immer im Kopf hatten, aber nie zu fragen gewagt hätten. Nach dem Lesen dieses Buches hat man sehr viele Menschen näher kennengelernt, gerade auch die, die mit Inbrunst und Routine genau das zu verhindern versuchen. Und auch immer ein bisschen sich selbst.

Moritz von Uslar fragt ohne Angst, mal bodenlos, mal himmelstürzend, immer neugierig – und wenn er voreingenommen ist, dann sagt er das, bevor das Fünf-Minuten-Ei auf dem Tisch steht. Und nachher, wenn er diese Texte schreibt, diese handwerklich so perfekt gearbeiteten Kurzporträts, dann lesen wir eben nicht nur eine kleine Reportage über ein gemeinsames Frühstück, sondern dann guckt der Autor auch noch einmal auf sich selbst, seine Gedanken davor und danach, auf seine Worte. Wie bei so viel Selbstreflexion, so viel Nachdenken über das Naheliegende und das Peinliche, über das, was noch geht und was nicht mehr geht beziehungsweise schon wieder, am Ende solch freie, hellwache Texte herauskommen, das ist von Uslars Geheimnis.

Er ist nebenbei der Großmeister des Ein-Wort-Satzes und der eingeklammerten Ein-Wort-Grätsche (genau). Deren Prägnanz und sprühende Vitalität kommt aus den Tiefen der 1910er-, 1920er-Jahre, aus den großstädtischen Kolumnen von Tucholsky, Altenberg, Roth, Kästner (klar), sie kommt natürlich auch aus den kurzen, schneidenden Gesellschaftsporträts Truman Capotes (*Frühstücksei bei Tiffanys*). Die Prägnanz seiner Kurzsätze, deren begeisternde Gegenwartsgesättigtheit, stammt aber natürlich auch von der Straße, aus den Kneipen, den Gesprächsfetzen, die er aufsaugt, nachts um halb drei, bei den Zigarettenrauchern vor der Bartür und morgens um acht bei Kindern auf dem Schulweg. Sollte ich meinen Eindruck beim Lesen der hier in diesem Buch versammelten gerührten, gelöffelten und geschlürften Frühstückseier in einem Uslar'schen Kurzsatz ausdrücken, dann so: pure Freude. Und eben auch: Bewunderung. Aber lesen Sie selbst.

Florian Illies

ULRICH WICKERT

Hamburg-Eppendorf: Stadtteil reicher Mütter und teurer Kinderwagen. Uli Wickert – als *Tagesthemen*-Sprecher unvergessen – hat an diesem Freitagvormittag um zehn Uhr in sein Stammcafé bestellt. Mit ihm, dem Gentleman, Charmeur und Weltenbürger, wollen wir darüber reden, was die Welt in dieser Woche beschäftigt: bloß nicht zu tiefschürfend. Wie man sich beim Frühstück eben unterhält. Er würde sich außerdem freuen, wenn wir seinen neuen Geschichten-Band *Neugier und Übermut* erwähnen, eine Art Arbeitsbiografie, in der Wickert für einen angstlosen, lustvollen Journalismus wirbt (hiermit geschehen).

Ist er morgens wach? »Nicht wach, aber ruhig.« Jetzt zieht er umständlich ein rotes Stofftaschentuch von halber Tischdeckengröße aus seiner Cordhosentasche. Wickert bestellt: Croissant, gekochtes Landei, Scheibe Brot. Wie nimmt er sein Frühstücksei? »Fünf Minuten. Aber bitte auf die Sekunde!« Wir steigen, natürlich, mit der Präsidentschaftswahl in den USA ein.

Gehört er zu den von Obama Enttäuschten? Er führt vor, dass man als kultivierter Mensch vom Croissant nicht abbeißt, sondern Stücke abreißt. »Es gab bei dieser Wahl ja keine Wahl. Man konnte nur für Obama sein.« Wickert erinnert daran, dass die Deutschen vor vier Jahren zu 80 Prozent für Obama gestimmt hätten. »Wir haben große Sympathien für Politiker, die sagen: Ich mache es anders. Interessant ist doch, dass wir einen Politiker hatten, der etwas getan hat, aber deswegen nicht wiedergewählt wurde: Gerhard Schröder.« Zeitungsleser Wickert: »Gestern hat *Le Monde* zwei Seiten über François Hollande gemacht, mit dem Tenor: Er tut zu wenig. Der abschließende Rat der Zeitung lautete: *Faites le Schröder*. Machen Sie den Schröder.« Frühstückszauber: Jetzt haben wir in zwei Minuten schon drei Länder durchgenommen!

Mag er den Steinbrück? »Der liegt mir, ja.« Die 1,25 Millionen, die Steinbrück für Vorträge eingestrichen hat, werden bis zur Bundestagswahl vergessen sein: »Diese Wahl entscheidet sich im September 2013.« Prognose Wickert: Die FDP wird es schaffen, die Piraten werden weg sein. Ist das Thema der Transparenz, von Schwarz-Gelb und den Piraten angestrengt, ein Flop? »Das sind keine fünf Minuten«, sagt Wickert, »das ist ein Sechs-Minuten-Ei.« Nein, er wolle nicht alles von allen wissen: »Weil ich den Menschen vertraue.«

Vom Frühstücksei zur großen Welt: Woher weiß er, welchen Teil der Welt er gerade angucken soll? Was leitet ihn da? »Ich schaue mit Interesse nach Schwarzafrika, wo die Chinesen Land aufkaufen. Die Chinesen sagen nicht, wir geben euch Geld, damit ihr Straßen bauen könnt, sondern: Wir geben euch Geld für Straßen, die wir selber bauen.« Wie geht es eigentlich im Sudan? Den Völkermord in

Darfur hat er als *Tagesthemen*-Sprecher, damals mit mäßigem Erfolg, auf die Agenda gesetzt. »Man liest wenig, weder in französischen noch in amerikanischen Zeitungen. Mag daran liegen, dass sich die sudanesische Regierung, auch wegen des Konflikts mit dem Süden des Landes, ein wenig zurückhält.«

Der zweite Kaffee ist getrunken. Leichte Unruhe im Gesicht des Frühstückers: Wie ist die Weltlage in Wickerts Lieblings-Käseladen? Die große Frage unter Käseliebhabern, so Wickert, sei die, ob der mit pasteurisierter Milch oder der mit Rohmilch gemachte Camembert der wahre sei. »Gott sei Dank hat sich der Rohmilch-Camembert durchgesetzt.« Grinsen. Das Tolle am Frühstücken ist ja, dass danach der Tag erst losgeht. Er geht jetzt Tennis spielen.

8. November 2012

HELENE HEGEMANN

Montagmorgen um halb zehn in Berlin: Sie hat sich das Café Einstein unter den Linden ausgesucht, Treffpunkt der Politiker, Hauptstadtnetzwerker, Lobbyisten. Man möchte sie beglückwünschen, dass sie es so früh in ein Café geschafft hat: Helene Hegemann, Star aller deutschen Autorinnen unter 21, im Frühjahr 2010 erschien ihr Romandebüt *Axolotl Roadkill*. Guten Morgen! Sie kommt in einer Art Schlafanzug (Kapuzenpullover unter Watteweste) und mit Charlie, einem serbischen Straßenhund. Gestern, am Sonntag, hat Hegemann Baritone gecastet: Die Oper Köln wird den Wedekind-Text *Musik* erstmals als Oper aufführen, sie bearbeitet das Libretto.

Gibt es das Wort Morgenfrische für sie? »Logisch.« Wie nimmt sie ihr Frühstücksei? Hegemann ist Veganerin: »Darf ich auch nichts bestellen? Es ist noch so früh.« Zweimal Cappuccino, bitte, Wasser dazu. Und gleich noch eine Frage: »Müssen wir jetzt echt über das Weltgeschehen sprechen? Ich werde da immer so vulgär.« Langsam, die Idee dieses Frühstücks ist ja genau, dass man morgens eben noch ein bisschen gemütlich und unscharf denkt.

Hammerfrage zum Einstieg: Kennt sie die Lösung für

den Nahostkonflikt? Ungläubig guckende Jungautorin: »Muss ich da jetzt echt eine Antwort geben?« Charlie ist zum anderen Ende des Lokals unterwegs, zwei Krawattenmenschen von der FDP nehmen sich des Hunds an. Sie möchte dann doch eine Antwort geben: »Es wird wahrscheinlich ewig so weitergehen, oder? Raketen werden abgefeuert, neue vorläufige Waffenruhe, dann kann man glücklich sein, dass es keinen Krieg gibt. Das ist der klassisch unlösbare Konflikt.«

Ihrer Generation, den in den Neunzigerjahren Geborenen, wird ja immer unterstellt, dass sie ihre Informationen nur noch aus Blogs, nicht mehr aus Zeitungen bezieht. »Völliger Quatsch. Alle unter 25, die ich kenne, lesen keine Blogs. Die lesen Zeitung.« Helene hat die *FAZ* im Abo, natürlich nur deshalb, weil es da eine billige Kaffeemaschine zum Abo dazugab. Simple Frage: Wo in ihrem Alltag spürt sie den Einfluss der Politik? Jetzt macht sie ein paar sehr süße, gequälte Geräusche, weil sie sich morgens um halb zehn diesen Fragen stellen muss. Wo ist der Hund? »Echt, keine Ahnung.«

Verfängt sich bei ihr das In-Thema der Woche, die Forderung aller Parteien nach niedrigen Mieten in den Großstädten? Sehr niedlich und gequält guckende Helene Hegemann: »Das ist schon ein Thema. Ein Freund von mir ist kurz davor, auf der Straße zu sitzen.« Die Autorin erklärt nun: »Ich kriege jeden Tag wirklich fünf Minuten Depressionen, weil ich denke, ich sollte – anstatt Kunst zu machen – besser im Finanzsektor arbeiten. Das sind die Letzten, die einen wirklich vernünftigen zeitgemäßen Job haben. Alles andere, zum Beispiel Bücher schreiben, ist wirklich totaler Quatsch.« Man merkt ein bisschen, dass sie gerade etwas Aufregendes sagen wollte. Aber: Es funktioniert. »Ich frage mich schon, ob es in drei Jahren noch Bücher gibt, wenn ich die jetzt schreibe.«

Helene Hegemann bestellt noch einen Cappuccino, obwohl der Cappuccino vor ihr noch halb voll ist. Letzter Versuch, in einem der Zeitungsthemen dieser Tage irgendeinen Reiz zu finden: Sind Grüne und CDU auf Bundesebene für sie ein sympathisches Team? Große Freude, Ungläubigkeit: »Das ist die Ausgeburt des Unsympathischen. Ein Teufelsteam.« Letzte politische Frage: Sind die Piraten Deppen? »Tja. Ich glaube schon.«

Man kann die Jungautorin nun bei dem Versuch beobachten, ihren Hund im Café Einstein wiederzufinden. Morgenzigarettchen an der Straßenbahn, die Richtung Prenzlauer Berg fährt: »Habe ich jetzt irgendetwas Kluges gesagt?« Wieso? Das war doch super. Guten Tag.

26. November 2012

PETER SCHOLL-LATOUR

Elf Uhr vormittags im Grill des Hotels Kempinski am Kurfürstendamm: dunkle Hölzer, gedimmtes Licht. Peter Scholl-Latour, 1924 geboren, der Grandseigneur der Ferne-Länder-Fremde-Menschen-Reportage – er stammt aus einer anderen Zeit: Den Deutschen haben seine Bestseller (*Der Tod im Reisfeld, Allah ist mit den Standhaften*) die Krisenherde der Welt erklärt, den Vietnamkrieg, die iranische Revolution, den Islam. Er sitzt da in vollendeter *Mad-Men*-Eleganz (Brille mit Goldrand, Paisley-Schlips, seine berühmte große Nase). *Herald Tribune* und *Le Monde* liegen vor ihm. Erst überlegt er noch, ob er sich einen Martini genehmigen soll, aber dann ist es ihm doch noch ein bisschen früh. Sein Frühstücksei nimmt er in Form eines Club Sandwiches (zwei Spiegeleier). Mit ihm, dem Welterklärer, hat man Lust, ein bisschen auf den großen Brocken der Weltpolitik herumzuklopfen und ein paar Funken schlagen zu lassen: Ägypten! Iran! Nahostkonflikt!

Die Scholl-Latour'sche Rasselstimme springt an, und schon nach wenigen Minuten sitzt man mit ihm auf einem Pferd und reitet über die wilde Grenze von Pakistan nach Afghanistan: dunkel lockende Welt! Versteht er, was die Bundeswehr da jetzt in Mali macht? Großes Scholl-Latour-Räuspern: »Ausgeschlossen, dass sie da zurechtkommt. Das setzt eine gewisse Kenntnis der Stämme voraus, die fehlt. Das haben wir schon in Afghanistan erlebt: Die Naivität der Bundeswehr war erschreckend.«

Und gleich weiter zum Nahostkonflikt: Wird er da noch eine Lösung erleben? »Ich sehe keine. Jetzt mit dem neuen Siedlungsplan? Er schafft eine durchgehende israelische Landmasse zwischen Jerusalem und dem Jordantal. Der palästinensische Staat ist illusorisch.« Scholl-Latour hat jetzt Lust, wie es seinem Typ entspricht, etwas Ungeheuerliches zu sagen: »Die Hamas wird als terroristische Organisation deklariert. Das ist sie nicht. Ich habe Hamad Yasin, den Gründer der Hamas, kennengelernt. Die Gründungsidee der Hamas war die einer karitativen Organisation.« Zum vereitelten Anschlag in Bonn: Wie schätzt er die Bedrohung durch Salafisten in Deutschland ein? »Da gibt es natürlich auch Spinner. Das Absurde ist doch, dass der Salafismus der offiziellen Koran-Interpretation in Saudi-Arabien entspricht. Die Hass-Prediger, die wir hier haben, sind in Saudi-Arabien geschult worden. Also: Unsere besten Verbündeten sind im Grunde die größte Gefahr.«

Krisen-Hopping mit Peter Scholl-Latour. Hat er zum Iran noch etwas nie Gehörtes zu sagen? Natürlich: Mit dem Atomstaat Iran kann er sich eine Koexistenz vorstellen: »Was soll's? Sollen sie doch ihre Atombombe bauen. Die pakistanische Atombombe ist viel gefährlicher als die iranische. Der iranische Staat ist sehr viel solider und kontrollierbarer als Pakistan.« Leichte Unruhe beim

Frühstücker Scholl-Latour: Die Geschwindigkeit, mit der wir durch die große Welt jagen, ist ihm nicht geheuer. Woher kommt die Verehrung der Deutschen für ihre großen, alten Weltenerklärer Helmut Schmidt, Weizsäcker und Scholl-Latour? »Wir haben den Krieg erlebt. Und die ungeheuer harte Nachkriegszeit.« Schaut Scholl-Latour *Homeland*? »Langsam, junger Mann.« Mit Fernsehserien aus Amerika braucht man ihm nicht zu kommen. Im Januar bricht er mit seiner Frau nach Indien auf: Dort gibt es einen Stamm, den er sich mal ein bisschen genauer angucken möchte.

Der Kellner, den Scholl-Latour seit dreißig Jahren kennt, bringt eine leichte Weißweinschorle. Zeit für ein Gläschen. Zeit, in Ruhe die Zeitung zu lesen.

2. Januar 2013

HANS EICHEL

In den Frühstücksraum des Hotels Kurfürst Wilhelm I. in Kassel hat er bestellt. Viel sachlicher, bescheidener kann so ein Frühstücksraum nicht aussehen: mit braunem Plastik bezogene Stühle. Auf die Frage, wann für ihn eine gemütliche späte Frühstückszeit sei, hatte Eichel vorgeschlagen: »Machen wir acht Uhr?«

Der ehemalige hessische Ministerpräsident und Bundesfinanzminister (1999 bis 2005) kommt in Pulli und Jeans. Spiegelei und Kaffee. Eichel-Kenner hatten vor dem Interview darauf hingewiesen, dass er sein Spiegelei stets viereckig zuschneide. Also: Er schneide ein schönes Viereck um das Eigelb und mache sich dann erst über das Eigelb her. Das wollen wir natürlich sehen!

Erste Frage: Was treibt er denn so? Zuletzt war er für die Friedrich-Ebert-Stiftung in Moskau, er hat ein Buch mit dem Titel *Kassel heute* geschrieben. Gilt sein bis heute vielleicht noch bekanntester Satz »Eine neue Krawatte erübrigt einen neuen Anzug«? Kichernder Eichel. Ja, er lacht noch gerne. Hat er jetzt auf Anhieb noch parat, wie viel Schulden Deutschland hat? Er stutzt. Er rechnet doch so gerne im Kopf! Eichel spricht: »Ungefähr: 80 Prozent von

2,5 Billionen Bruttoinlandsprodukt, also fast zwei Billionen.«

Der ehemalige Minister setzt nun, im Neunzig-Grad-Winkel zum ersten Messerschnitt, den zweiten Schnitt in das Eiweiß. Wir nehmen ihn ran, stellen eine ein bisschen gemeine Frage, seine Amtszeit als Finanzminister betreffend: Hat er manchmal schlaflose Nächte, weil er die Griechen in den Euro geholt hat? Er guckt vom Ei hoch: »Warum soll ich schlaflose Nächte haben? Das möchte ich gerne mal wissen.« Alle Parlamente der Eurostaaten-Zone hätten den Beitritt damals beschlossen, Grundlage seien die Berichte der EZB und der Europäischen Kommission gewesen. »Es galt die alte Regel: Wenn der Bericht sagt, beitreten, dann wurde beigetreten.« Ach so, dann stimmt die schöne alte Mär also gar nicht, dass er der Deutsche ist, den die Griechen reingelegt haben? Eichel: »Nach 2005 haben alle Länder ihre Defizite und Staatsverschuldungen abgebaut, nur ein Staat nicht: Griechenland. Da liegt das Problem.«

Noch ein wunder Punkt: Hat er als Finanzminister nicht die Spekulationsgeschäfte erleichtert? »Ach, du liebe Güte!« Jetzt ist er empört: »Wenn man mir sagt, ich habe nicht genug reguliert, dann stimme ich zu. Wir waren doch die Regulierer!«

Bissl Steinbrück. Ist der SPD-Kandidat irreparabel beschädigt? Eichel sagt dies und das. Dann: »Wenn Sie Kanzler werden können, dann fragen Sie nicht nach dem Geld.« Richtig, die schöne Frage, ob er in seinem Politikerleben, als Bürgermeister von Kassel, als Ministerpräsident und als Bundesminister, genug Geld verdient hat, wollten wir ihm auch stellen. Eichel: »Ich habe nie ein Problem gehabt.« Den legendären Deutsche-Bank-Chef Abs habe er noch persönlich gekannt: »Dem wäre nie in den Sinn gekommen, für eine besondere Leistung noch ein besonderes Geld zu kriegen.« Ja, aber wo kann man denn noch richtig Geld verdienen, wenn nicht als Unternehmer und als Politiker? Triumphierend lächelnder Eichel: »Als Rennfahrer, Fußballer, Schlagersänger.«

Das Eigelb liegt zu einem sauberen Quadrat zugeschnitten auf seinem Teller. Es gäbe noch so viel zu besprechen. Hatte er Sympathien für Occupy Wallstreet? »Im Prinzip ja. Einen Satz kann man sagen: Je größer das Geld, desto größer die Kriminalität. Im System ist ein unglaublich hohes Maß an Kriminalität.« Er betont nun, dass er sich stets als linker Politiker begriffen habe, der die Gesellschaft verändern und gerechter machen will: berührende Worte. Einen echten Sozialdemokraten, wo gibt's denn so was noch?

Letzte Fragen an den wirklich sprichwörtlich gewordenen Ex-Finanzpolitiker: Wie geht's seiner berühmten Sparschwein-Sammlung? Eichel: »Über 50 Schweine!« Sie stehen heute, wie schön, im Zollmuseum in Hamburg. Der Jeans-und-Pulli-Typ, er möchte jetzt noch über sein Leib-und-Magen-Thema Europa reden. Blick auf den Teller: Das Eigelb hat er weggeputzt.

31. Januar 2013

KLAUS STAECK

Elf Uhr vormittags im Café Einstein, Unter den Linden. Es ist nicht einfach, ihn zum Frühstück zu treffen, weil er – Präsident der Akademie der Künste und berühmtester Plakatmacher der Republik – bald einen runden Geburtstag feiert und jeden Morgen etwa drei Frühstückstermine absolviert.

Klaus Staeck, Jahrgang 1938: Den Reichen, Mächtigen und teuflisch Korrupten ist er mit seinen ironischen Sprüchen auf Plakaten und Postkarten (»Die Reichen müssen noch reicher werden«, 1972) jahrzehntelang so brutal auf die Nerven gegangen, dass sich heute gleich das ganze Kulturestablishment mit übergreifender Zustimmung an ihm rächt: Klaus Staeck okay zu finden ist heute allseits okay. Zum dritten Mal haben die 400 Mitglieder der Akademie der Künste den Präsidenten in seinem Amt bestätigt. Er kommt mit rotem Müntefering-Schal. Sein Ei nimmt er weich gekocht (»damit ich das köpfen kann«).

Staecks frisches, freches, erstaunlich jung aussehendes Gesicht: Sein Mitteilungsdrang ist gewaltig, er will sich immer noch erregen, aufregen, die Missstände anprangern, klar. Er sagt jetzt leider auch den Satz, den zu viele verdienstvolle Streiter sagen: »Ich habe das Gefühl, dass ich nicht milder, sondern immer zorniger werde.«

Wie geht Zeitunglesen, Klaus Staeck? Er empfiehlt die kleinen Meldungen in den kleinen Zeitungen, zum Beispiel der *Glocke* aus der Kleinstadt Oelde. Da habe er kürzlich gelesen, dass die russische Mafia einen Mann in ein Fass einzementiert habe. War natürlich tot, der Mann. Beim Blick auf welchen Teil der Welt gelingen ihm die heftigsten politischen Empfindungen? Staeck setzt sein Präsidentengesicht auf, das Thema ist doch zu ernst: »Der Zustand Europas macht mir natürlich Sorgen: Die Egoismen und Nationalismen dringen wieder durch.« Als spannungsvoll empfinde er natürlich immer das Verhältnis zu Amerika und die Impulse, die vom Mutterland des Kapitalismus ausgehen: »Wie die Konzerne so lange ihre Gewinne hin- und herschieben, dass sie keine Steuern mehr zahlen müssen, das erregt mich zutiefst.«

Der Künstler Staeck ist seit 1960 SPD-Mitglied: Kann er jetzt mal auf Befehl etwas komplett Sozialdemokratisches sagen? Er guckt fast ein wenig beleidigt: »Entschuldigung, aber so einfach bin ich nicht zu kriegen.« Vermisst er seinen alten Lieblingsfeind Franz Josef Strauß? »Überhaupt nicht. Er war ja ein kongenialer Partner.« Staeck geht die allseits populäre Pauschalverurteilung der Politik auf die Nerven: »Im Spiel der Demokratie habe ich Gegner, keine Feinde. Was wäre denn die Alternative zur Politik? Bertelsmann? Das *Bild*-Tribunal?« Warum soll man in diesem Jahr SPD wählen? »Weil die Alternativen, die sich mir bieten, nicht attraktiver sind.«

Wir müssen jetzt grundsätzlicher werden, sonst kriegen wir diesen Klaus Staeck nicht zu fassen. Er fordert ja immer wieder den politisch engagierten Künstler. Was ist das denn noch mal, ein politisch engagierter Künstler? Kann er da Namen nennen? Staeck zählt die Akademiemitglieder Andres Veiel, Uwe Timm, Ingo Schulze auf. Staeck erklärt auch: »Die Engagierten werden weniger.«

Deprimiert ihn das, dass sein bekanntester Plakatspruch »Die Reichen müssen noch reicher werden« von 1972 heute immer noch aktuell ist? Er erzählt nun ziemlich lustig, wie er unter den Politaktivisten von 1968 gleich einen doppelten Makel hatte: Sozialdemokrat und bürgerlicher Künstler. Revolution war angesagt, und der klebte da seine Umweltplakate: »Ich wurde immer ausgelacht. Ich bin übrigens in meinem ganzen Leben viel ausgelacht worden.«

Riesenfrage: Wo kann heutzutage noch so etwas wunderbar Altmodisches wie eine Revolution herkommen? »Das klingt jetzt vielleicht furchtbar spießig, aber eine Revolution, die kann erfolgreich nur im Netz in Gang gesetzt werden: durch Hacker.« Klingt nicht spießig. Klingt gut. Eichen geköpft. Herzlichen Glückwunsch.

28. Februar 2013

ANNE WILL

Sie hat das Studentenlokal Schwarzwaldstuben in Berlin-Mitte vorgeschlagen: neun Uhr früh. Im Vergleich zu ihren Kollegen, die Jauch, Beckmann und Plasberg heißen, hat Anne Will sich den Ruf erarbeitet, die politischste unter den ARD-Talkshows zu sein. Ihre Pressefrau hat dazu geraten, die berühmte hochgezogene linke Augenbraue nicht zu thematisieren – das kriegen wir hin.

Ein Käsefrühstück und ein hart gekochtes Ei, bitte. Der Interviewer muss tatsächlich aufpassen, nicht nur seichten Käse zu fragen, weil sie mit ihrem gut aussehenden Lächeln gleich eine derartig vertraute Stimmung herstellt.

Eine abstrakte Frage zum Einstieg: Was, liebe Anne Will, ist eine gute Frage? Sie setze auf die unironischen, unpolemischen, unhämischen Fragen. Peer Steinbrück, den sie gerade in einer Einzelsendung bei sich hatte, habe sie gefragt: Was ist ungerecht in Deutschland? Sie wiederholt mit dem ernsten Anne-Will-Gesicht: »Was ist ungerecht in Deutschland? Warum macht ein erhöhter Spitzensteuersatz Deutschland gerechter?« Dass Steinbrück sich um eine Antwort gedrückt habe, sage doch eine Menge über den angeblichen Steuer- und Finanzfachmann.

Wir gehen nun, weil das immer Spaß macht, die sagenhafte Fehlerserie des SPD-Kandidaten durch. Im September wird Anne Will das TV-Duell Merkel-Steinbrück moderieren. Eine zugespitzte Frage: Kämpft da im Duell Merkel-Steinbrück die moderne, mit allen Wassern gewaschene Frau gegen einen hilflosen, weil mit den klassisch männlichen Schwächen Eitelkeit, Egozentrik und Selbstüberschätzung geschlagenen Mann von gestern?

Amüsiertes Gesicht bei der Moderatorin: »Nein. Ich habe allerdings auch nicht das festgefügte Bild, dass Frauen klug und Männer eitel sind.« Ist die Bundestagswahl gelaufen? »Das ist sie nicht.« Und da ist – Entschuldigung – die hochgezogene Augenbraue. »Wenn die Euro-Krise sich weiter so zuspitzt wie jetzt in Zypern, dann fragen die Menschen sich schon: Was ist das für ein Krisenmanagement?« Ist es schade, dass die NRW-Frau Hannelore Kraft in diesem Jahr noch nicht zur Kanzlerwahl antritt? »Der Kampf wäre spannend gewesen. Vielleicht hätte sie die größeren Chancen gehabt.«

Wechsel zum Großthema Homo-Ehe: Was ist da noch mal die Frage? An diesem Thema, so der Politikprofi Will, zeige sich, wie modern die Gesellschaft, in der wir leben, wirklich sei: »Es wird natürlich so sein, dass das Bundesverfassungsgericht der amtierenden Regierung im Sommer reinsingen wird, dass eingetragene Lebenspartnerschaften der Ehe steuerlich gleichgestellt werden.« Reinsingen ist ja ein tolles Wort.

Das Ei hat die Frühstückerin Anne Will gegessen, den Käse vom Käsefrühstück lässt sie lieber stehen. Und noch mal zum immer schönen Thema Feminismus: Hat der arme, alte Brüderle ihr auf dem Höhepunkt des grässlichen Dirndl-Skandals leidgetan? Sie guckt so überrascht, wie sie im Fernsehen selten guckt: »Nein. Null. Nicht eine Sekunde. Ich finde auch, dass Brüderle sich nach wie vor entschuldigen muss. Es ist doch ein Wahnsinn, dass die FDP hingeht und von einer Kampagne gegen die ganze Partei spricht. Ich lache mich tot.«

Feixende Anne Will. Der toughe Tonfall und das gut aussehende Lächeln machen sich zusammen wirklich gut. Wie geht's ihrem Katholizismus? »Dem geht's nicht gut. Ich reibe mich schon sehr an der katholischen Kirche und ihrer Reformunfähigkeit. Man rühmt den neuen Papst für seine Bescheidenheit. Mit dem Mann kann ich mich trotzdem nicht anfreunden, wenn ich lese, dass er homosexuelle Verbindungen für Teufelszeug hält.« Punkt. Treffer. Vielen Dank. Sie muss jetzt zur Redaktionskonferenz.

Geht es ihr auf die Nerven, dass sie alle immer so unheimlich sympathisch finden? »Ach, so schlimm ist das nicht.«

27. März 2013

JAKOB AUGSTEIN

Frühstücksraum des Hotels Adlon: halb elf vormittags. Es sind die heißen Tage, in denen die alte *Spiegel*-Chefredaktion entlassen und die neue noch nicht installiert ist. Augstein, 1967 geboren, Mitinhaber des *Spiegel*, Herausgeber der Wochenzeitschrift *Der Freitag*, oft einfach als »guter Typ« bezeichnet (groß, ernst, dunkelblauer Anzug). Kürzlich gab es viel Aufregung, weil das Simon-Wiesenthal-Center ihn wegen kritischer Texte zu Israel auf eine Liste der zehn schlimmsten Antisemiten setzte. Augstein am Telefon: Er treffe sich gerne zum Gespräch, allerdings nur, wenn er nicht über den *Spiegel* reden müsse. Das nehmen wir hin!

Darjeeling, Rührei mit Kräutern. Welche Zeitungsmeldung hat ihn zuletzt berührt? »Schon der Tod von zehn Kindern neulich in Afghanistan. Da habe ich fast angefangen zu heulen.« Im Zweifel links: Ist dieser Standpunkt auch deshalb gut, weil da sonst fast niemand mehr steht? Irritation. Er erklärt, das Linke habe bei ihm weniger mit Parteipolitik als mehr mit einer Weltanschauung und einem Menschenbild zu tun. Gibt's denn so was noch, einen wirklich linken Politiker in diesem Land? Frühstücker Augstein, als ihm der Name Steinbrück vorgeschlagen wird: »Es ist alles so entsetzlich …«

Ernst gemeinte Frage: Müsste er als bekannter Publizist sich nicht mit anderen zusammentun, um Steinbrück und die SPD zu retten? Da gibt er jetzt besser keine Antwort. Was fehlt Angela Merkel zur perfekten Linken? »Sie ist nicht links. Die Frage von ausgleichender Gerechtigkeit ist ihr vollkommen schnurz.« Merkels Erfolg liege darin, dass sie eine prinzipienlose Populistin sei.

Jetzt noch mal ganz groß werden: Mann, er ist doch ein bekennender Linker! Was am Kapitalismus in Deutschland ist nicht in Ordnung? »Die Zugangschancen zu den gesellschaftlichen Ressourcen Geld und Bildung sind ungleicher verteilt, als es notwendig wäre.« Ist Krieg immer schlecht? »Ja.« Moral! Moral! Wie lautet seine politische Moral? Er erklärt: »Mir gefällt die Idee, Fragen von Gut und Böse auf Interessen zurückzuführen. Anstatt an die Moral meines Gegenübers zu appellieren, sage ich: Ich habe ein persönliches Interesse daran, in einer gerechten Gesellschaft zu leben.«

Der in Talkshows geschulte Augstein: Es ist praktisch nicht möglich, ihn mit einer Frage zu erschrecken. Pflichtfrage zum als Antisemiten Geschmähten: Was hat er aus dem Tamtam um seine Person gelernt? »In der Debatte findet eine bewusste Umlenkung der Themen statt. Eigentlich müssten wir über Israels Außen- und Sicherheitspolitik reden. Stattdessen reden wir über Antisemitismus.«

Rührei gegessen. Noch mal die Eurokrise: Sind wir armen Deutschen jetzt eigentlich echt wieder die Ärsche in

Europa? »Ja. Das sind wir. Wir werden zu Recht so angefeindet.« Deutschland profitiere vom unterbewerteten Euro: »Wir sind die Chinesen Europas. Wir machen die anderen mit unseren Exporten platt.« Das seit dem Zweiten Weltkrieg liebgewonnene Selbstbild vom bescheidenen und netten Deutschen in Europa müsse korrigiert werden: »Wir Deutschen sind eine aggressiv auftretende Vormacht.« Hoppla, das ist er plötzlich, der manchmal ganz schön laute Tonfall aus der *Spiegel-Online*-Kolumne. Spricht so der zukünftige *Spiegel*-Chefredakteur? »Ein Thema lautet doch: Kommt der böse Deutsche jetzt wieder zum Vorschein? Waren wir in den Jahren zwischen Besatzungsstatus und Wiedervereinigung nur so freundlich, weil wir uns kaum bewegen konnten?«

Wir beschließen das Frühstück mit einer vergleichsweise harmlosen Frage: Was sagt Jakob Augstein zum Spießerargument, dass ein Millionär kein Linker sein darf? »Heißt das, Reiche dürfen sich nur um die Belange der Reichen kümmern? Das deprimiert mich.« Er muss jetzt zur Aufzeichnung seiner Fernsehsendung *Augstein und Blome*.

18. April 2013

HANS-CHRISTIAN STRÖBELE

Die Tische vor dem staubigen Siebzigerjahre-Lokal Kuchenkaiser am Berliner Oranienplatz: Er kommt zehn Minuten zu spät, schließt erst mal gemütlich sein Fahrrad an. Ströbele, Jahrgang 1939, der Polit-Opa, Ex-RAF-Anwalt, Direktkandidat-Hero der Grünen (spektakuläre 46,7 Prozent). Er saß 1985 zum ersten Mal im Bundestag, zuletzt hat er den Krebs besiegt. Er will natürlich immer noch als der Wildeste, Frechste und die größte Nervensäge im Bundestag gesehen werden, aber den Gefallen tun wir ihm nicht. Seine gut gebräunte Gesichtsfarbe. Dass Ströbele so überhaupt keine Lust hat, sich die wilden Augenbrauen zu stutzen, das ist natürlich ein guter Gag (das Revolutionär-Linke, man sieht es ihm an, hat großbürgerliche Gene). »Ein Weich-Ei und einen Getreidekaffee, bitte.«

Schnell die aktuellen politischen Themen mit ihm durchnehmen: Haben wir das richtig verstanden, dass die Grünen jetzt die Steuern-rauf-Partei sind? »Gut, für die Erhöhung der Vermögenssteuer kämpfe ich seit Jahren.« Ein islamischer Feiertag in Deutschland? »Der wird kommen.« Heißt sein neuer Wahlkampfslogan wirklich »Ströbele wählen, Trittin quälen«? Jetzt muss er, hehe, lachen. Beim

Fertigsätze-Aufsagen über die Kreuzberg-Themen Mietwucher und Immigration steht ihm ein gut spöttisches Grinsen im Gesicht: Moment, wird das hier, gegen alle Erwartung, ein leichtes und lustiges Gespräch? Schon zweimal hat der Politiker Ströbele Afghanistan besucht. Was hätte er gesagt, wenn er am heutigen Tag anstelle von Angela Merkel die Ansprache vor deutschen Soldaten in Kundus gehalten hätte? Er spricht, natürlich mit ironiefreiem Gesicht: »Den Krieg beenden, aufhören mit dem Töten.«

Wir haben jetzt Lust, ihn ein bisschen boulevardzeitungsmäßig anzurempeln: Politik raus, *Feelings* rein! Kann er bitte einen knackigen Satz über seinen ehemaligen Mandanten Andreas Baader sagen? Nö. So nicht, da hat er keine Lust zu. Welche *swinging* Idee aus den Sechzigerjahren hat überlebt? »So viele, so viele!« Er erzählt die rührende Geschichte, wie er im Lauf seiner politischen Karriere versucht hat, den Schal als neue Krawatte durchzusetzen (das hat nicht geklappt). Schön ist natürlich auch der Schwank, wie er der Berliner Polizei einmal einen Blumenstrauß auf die Wache gebracht hat, weil die Beamten sein geklautes Fahrrad gefunden hatten.

Ströbele, der Stoiker, Friedensfanatiker, romantische Degenfechter der deutschen Politik – gegen Krieg und Atomkraft, für Fahrradfahren und freien Hanf. Kriegt er mit, dass ihn, durch alle Parteien, längst alle liebhaben, dass er zur politischen Konsens-Figur der Deutschen taugt? »Das stimmt leider nicht. Ich ernte erheblichen Widerstand.« Wieder das helle Lachen: »Aber wenn andere meine Positionen übernehmen, dann fühle ich mich natürlich bestätigt.« Im guten Sinn, ist er ein Ewiggestriger? »Das stimmt insofern, als dass ich mich immer für Positionen eingesetzt habe, die zunächst abwegig schienen. Mittlerweile gibt es kaum jemand, der sagt, es war eine gute Idee, sich am Krieg in Afghanistan zu beteiligen.«

Er sagt jetzt Kreuzberger Bürgern Guten Tag. Dann gibt es, in der Kreuzberger Vormittagssonne, eine interessante Phase von zehn, zwölf Sekunden, in der geschwiegen wird. Was will man eigentlich wissen? Ist er politisch so saturiert, dass es nichts mehr zu fragen gibt? Herr Ströbele, was gibt es eigentlich die ganze Zeit zu grinsen? »Ach, ich bin ein der Sonne zugewandter Mensch.«

Wir schieben die Fahrräder noch ein Stück weit gemeinsam bis vor das Wahlkampfbüro der Grünen. Er erzählt jetzt – leicht, anschaulich, gewandt –, wie es früher, ganz früher, in den goldenen Sechzigern, in Berlin einmal war.

16. Mai 2013

HANS-ULRICH JÖRGES

Der schwäbische Bio-Imbiss Meierei in der Berliner Kollwitzstraße: gut aussehendes Essen und die Schauspielerin Hannah Herzsprung am Nebentisch. Jörges, irgendwo in seinen frühen Sechzigern, ist der Paradejournalist. Die Leute kennen ihn als Autor der *stern*-Kolumne »Zwischenruf aus Berlin« und als häufigen Gast von Talkshows, wo er grandios schimpfen und poltern kann (kritisch sein, unbequem sein, Klartext reden). Sein Ding ist der jugendliche Auftritt (Turnschuhe). Für ihn ein Rührei mit Speck, den Reporter zwingt er, den Bio-Hirsebrei zu bestellen. Zum Einstieg eine Quatschfrage: Vorbild Kurt Tucholsky? Jörges, souverän: »Nein. Wie kommen Sie darauf?« Er ist – wie viele, die fremde Menschen berufsmäßig zum Reden bringen müssen – ein großer Anfasser und Schultertätschler.

Sein letztes Talkshowthema? Er zählt jetzt lieber die Sendungen auf, die er abgesagt hat (an Hoeneß-Runden hat er beispielsweise nicht teilgenommen, weil er mit dem FC-Bayern-Präsidenten befreundet ist). Ist ihm das auch aufgefallen, dass der Politikteil der großen deutschen Tageszeitungen (*Süddeutsche, FAZ*) neuerdings so anstrengend frisch und jugendlich sein will? Nein, diese Beobachtung teilt er nicht. Pflichtfrage an einen *stern*-Redakteur, da kann man – lustige Sache – Mitgefühl heucheln: Wie geht's der *stern*-Kollegin Laura Himmelreich, die im Januar Rainer Brüderle spektakulär als Flirt-Kasper bloßstellte? Hat sie das ungeheure Echo in Medien und Gesellschaft seelisch einigermaßen verkraftet? »In ihrer Wirkung war die Geschichte ja weder beabsichtigt noch geplant. Die Wirkung ist erst durch die riesige Twitter-Welle entstanden.« Mal ehrlich: Gingen ihm die #Aufschrei-Frauen nicht heimlich auch auf die Nerven? Jetzt passt er, Medien-Wizzard, natürlich auf, was er sagt: »Nein, die gehen mir gar nicht auf die Nerven. Es gab eine hochinteressante gesellschaftliche Diskussion, insbesondere zwischen jüngeren Frauen und Männern.«

Was antwortet er wehleidigen Politikern wie dem FDP-Politiker Kubicki, der beklagt, mit einer Frau könne er sich ohne Begleitung in keinen Aufzug mehr trauen? »Alles Quatsch, alles Heuchelei.« Klartext-Jörges: »Die FDP hat sowieso ein Frauenproblem. Das ist eine Männerpartei, die über weite Strecken verächtlich mit Frauen umgegangen ist.« Ist das die Möglichkeit? Haben wir hier am Ende so etwas wie ein brisantes Zitat?

Jetzt wollen wir ihm, dem bekanntesten politischen Kolumnisten des Landes, ein paar sachliche Fragen stellen. Welches Thema bestimmt die Bundestagswahl nicht, sollte die Bundestagswahl aber bestimmen? »Die Regulierung der Finanzmärkte.« Ist der Steinbrück ein Depp? »Nein, Steinbrück ist kein Depp. Er ist ein tragisches Opfer seiner Berater.« Jörges beklagt Rudel-Journalismus: »Wenn Steinbrück sagt, er trinkt keinen Pinot Grigio das Glas unter fünf Euro, dann weiß ich nicht, was daran zu skandalisieren ist. Warum soll ein Sozialdemokrat billige Weine trinken?« Können Sie sagen, warum Merkel wegmuss? »Die muss ja gar nicht weg.« Und Jörges kann schön erzählen, wie sich das maskenhafte Gesicht der Kanzlerin über die Jahre in jenes sympathische und siegesgewisse Lächeln verwandelt hat, das uns heute so vertraut ist.

Genug Gaga-Politik besprochen. Jetzt soll er bitte noch das heiße politische Thema nennen, das jede Zeitung groß machen sollte. Er sagt: »Nicolas Berggrün, Karstadt-Investor, Großspekulant und Philanthrop. Was ist das für ein Mensch? Ich halte ihn für die klassische Heuschrecke.« Jetzt vertritt er noch eine gekonnt ambivalente Meinung zu seinem guten Freund, dem Steuersünder Hoeneß. Ach, ihr toughen Politik-Kolumnisten-Darsteller. Er hat die Frühstücksrechnung schon bezahlt.

20. Juni 2013

ROLF HOCHHUTH

Café Einstein, Unter den Linden: elf Uhr. Ach, du alter Hochhuth. In den letzten Jahren ist der einst weltberühmte Dramatiker – *Der Stellvertreter* feiert heuer Fünfzigjähriges – vor allem wegen des lächerlichen Streits um die Theaterimmobilie Berliner Ensemble in der Zeitung gewesen (letzte Szene: BE-Inhaber Hochhuth kündigt BE-Intendant Peymann). Seit drei Jahrzehnten hat wohl niemand mehr behauptet, dass Hochhuth gut schreiben kann (es ist schon fies), dabei haut der Anfang-Achtzig-Jährige natürlich unentwegt neue Stücke und Bücher raus. Auf eine rührend unsmarte und selbstironische Art – Selbstironie ist das Letzte, was man diesem von der Kritik schwer Verletzten unterstellt – hatte Hochhuth am Telefon gefragt: »Wie kommen Sie denn auf mich?«

Streifenhemd, lila Krawatte, Seersucker-Jackett. Einmal Rühreier mit Kräutern, bitte. Er will natürlich gleich von ganz früher, am besten vom »Dritten Reich« erzählen. Hitler muss bei Hochhuth gleich im ersten Satz vorkommen. Warum denn Hitler? Auf noch mal selbstironische und sympathische Art thematisiert er seine im Alter schwindende Hirnkraft: »In vier Tagen weiß ich nicht mehr, dass wir beide hier gesessen haben, aber vom Dreikaiserjahr 1888 weiß ich alles. Ist das nicht schlimm?« Wie geht's Hochhuths Hunger, seiner Lust auf einen Skandal? »Ich habe ja nie als Person einen Skandal ausgelöst, sondern immer nur durch meine Stücke.«

NSA-Abhörskandal et cetera: Sind es dankbare Zeiten für einen politischen Autor? »Ich mag die Pointe, dass der todesmutige Amerikaner Snowden sich ausgerechnet in einem Flughafen in Russland versteckt.« Hochhuth, der lange in Basel gelebt hat, ist Leser der *Neuen Zürcher Zeitung*, was ihm ein gewisses internationales Flair verleiht. Wäre die Merkel eine gute Heldin für ein Hochhuth-Drama? Merkel hat mit Hochhuth im selben Plattenbau in der Behrensstraße gewohnt. Trafen sie sich im Aufzug, hat sich nie eine besondere Szene ereignet.

Der SPD-Kanzlerkandidat forderte zuletzt, dass Deutschlands Intellektuelle sich mehr in den Wahlkampf einmischen. Kann er nicht mal laut etwas Großartiges sagen? Warum sitzt da immer nur der alte Grass auf dem Sofa? »Der Grass ist ein peinlicher Trittbrettfahrer«, sagt der lustige Hochhuth. Jedes Foto mit Grass, das habe ihm einst Brandts Kanzleramts-Chef Horst Ehmke gesteckt, koste 50 000 Wählerstimmen. So richtig merkt Hochhuth gerade nicht, dass es längst nicht mehr notwendig und auch nicht besonders cool ist, Grass blöd zu finden. Hat Deutschland eine Intellektuellen-Krise? Intellektuellen-Krise, jaja, Intellektuellen-Krise klingt gut. Hochhuth klingt weit über achtzig, wenn er sagt: »Wir leben ja in einer glückverdummten Epoche, weil wir seit siebzig Jahren Frieden und Wohlstand haben.«

Der alte Hochhuth: Eine Legende sein ist halt einfach eine superanstrengende, eine blöde Position. Er macht bei diesem Frühstück den Fehler, dass er zu engagiert über zu viele Themen redet (Banken, Eurokrise, Papst, politisches Theater). So geht Aura verloren, die ihm, käme weniger aus ihm heraus, natürlich zustünde.

Können wir die Öffentlichkeit nicht überraschen, indem er etwas Freundliches über seinen Lieblingsfeind Claus Peymann sagt? Hochhuth legt Wert auf die Feststellung, dass er dem BE-Intendanten nicht deshalb gekündigt habe, weil dieser seine Stücke nicht spiele: »Ich verdanke Peymann eines meiner besten Stücke, den *Sommer 14*.«

Jetzt muss noch mal eine riesige Frage kommen: Wie geht es Hochhuths naturgemäß unerwiderter Liebe zu Marlene Dietrich? Nur eine kleine Irritation im Dramatikergesicht, dann schießt es aus ihm heraus: »Ich schreibe ja gerade ein Stück, in dem Marlene, Coco Chanel, Jackie O. und Picasso die Hauptrollen spielen.« Ach, das wäre zu schön, wenn Hochhuths letztes Stück ein gutes wäre.

18. Juli 2013

HELLMUTH KARASEK

Elf Uhr, Hotel Vier Jahreszeiten, Hamburg. Er kommt mit Chucks-Turnschuhen ohne Schnürsenkel – ein interessanter und ein ganz schön frischer Style für einen Ende-Siebzig-Jährigen. (Klar ist sofort, er versucht, wie ein amerikanischer Gagschreiber in den Sechzigerjahren auszusehen, und komisch: Er wirkt nicht verkleidet, man lässt es ihm durchgehen).

Hellmuth Karasek, ehemals Literaturkritiker, mittlerweile so etwas wie der Gute-Laune-Onkel des deutschen Feuilletons. Man ist immer versucht, ihn für ein bisschen oberflächlich zu halten, weil er so gerne an Ratesendungen im Fernsehen teilnimmt (dabei wäre es oberflächlich, seine Könnerschaft als Unterhalter, Plauderer und Spieler zu unterschätzen). Die Bedienung bringt die zwei Eier im Glas in einem Martiniglas, was ihm gleich gute Laune macht. Herr Karasek, können wir uns über Politik unterhalten? Er ruft: »Unbedingt!« Und schickt stöhnend hinterher: »Ich habe derzeit wieder so einen Rochus auf die Grünen.« Der Veggie-Day der Grünen erinnert Karasek an den Eintopf-Sonntag im »Dritten Reich«: »Da gab es Kartoffelsuppe, damit die Nazis besser rüsten konnten, und man hat dabei genau so ein aufgesetzt glückseliges Gesicht gemacht wie die Claudia Roth.« Jippie, jetzt sind wir schon mittendrin im Karasek-Unterhaltungsprogramm. Kann er sich an eine Zeit erinnern, zu der das Politische so out, so lasch, so uninteressant war wie heute? Moment, er ist eher dankbar darüber, dass das heute ruhige und langweilige Zeiten sind: »Ich brauche keine Aufregung. Wir alten Menschen fürchten nichts so wie Veränderung.«

Genug über Politik geredet. Welche Nachricht aus den bunten Blättern hat ihm zuletzt Freude gemacht? Ach, die Geburt im englischen Königshaus war doch schön. Wie geht es seiner guten Freundin Michelle Hunziker, auf die er einst eine Laudatio hielt? »Eine schöne Frau. Und eine wunderschöne Schwangere.« Er geht doch so gerne auf Partys. Welches war die letzte gute Party? Da nennt er natürlich die Hochzeit seiner Tochter Laura am Tegernsee. Karasek, der ein Witzbuch herausgebracht hat (»Witze sind die kürzeste und präziseste Form erzählter Literatur«), er möchte jetzt unbedingt den Witz vom alten Mann erzählen, der sich beim Frühstück bekleckert hat: »Ich weiß«, sagt er zu seiner Frau, »ich sehe aus wie ein Schwein.« – »Ja«, sagt seine Frau, »und außerdem hast du dich noch bekleckert.« Fröhliches Gelächter in der Hotelhalle des Vier Jahreszeiten, Hamburg: Ach, er erzählt eben einfach gerne einen. Wann hat er, der Literaturpapst, zuletzt mal wieder eine echte Literaturkritik geschrieben? Immerhin, er liest gerade den neuen Ferdinand-von-Schirach-Roman.

Wie er da im schweren Hotelsessel liegt und das Ei aus dem Glas schlürft – man möchte ihn jetzt, nur für einen kurzen Moment, mal keinen Gag erzählen hören. Kann er etwas Geistvolles zu der von vielen Geschäfts- und Medienleuten frequentierten ICE-Strecke von Berlin nach Hamburg sagen? Karasek liefert einen historischen Abriss über diese Strecke, von 1945 bis heute. Fazit: »Vielleicht ist das eine der letzten Herausforderungen der deutschen Literatur: dass über diese großartige Zugstrecke von Berlin nach Hamburg eine brillante Satire oder ein Thriller verfasst wird.« Darf man ihn einen Entertainer nennen, oder wäre das beleidigend? »Das ist okay.« Der coole Typ mit den Chucks nennt als seine großen drei Mentoren Rudolf Augstein, Marcel Reich-Ranicki und Billy Wilder: »Das waren, auf ihre Weise, alle drei glänzende Entertainer.«

Er steht plötzlich da. Und hält die Hand hin: »Genug geplaudert.« Den Weg in seine Wohnung an der Außenalster geht der Unterhalter zu Fuß.

22. August 2013

HENRYK M. BRODER

Café im Literaturhaus, altes Westberlin. Mit der aus Polen stammenden Bedienung verhandelt er auf Polnisch über einen besseren Tisch: Henryk M. Broder, Lautsprecher, Krawallmacher, Charmeur. Seit Jahrzehnten hat er den anstrengenden Job, die gut vernehmbare jüdische Stimme in diesem Land zu sein – ihm macht der Job offenbar eine Höllenfreude. Für Radau sorgte Broder, 1946 in Katowice geboren, zuletzt im Januar, als er dem Simon-Wiesenthal-Center den Journalisten Jakob Augstein als »lupenreinen Antisemiten« empfahl: entsetzliche Geschichte. Sein neues Buch über Europa möchte man im Affekt ein bisschen langweilig finden, aber dann ist es doch wieder einfach zu frisch, vergnügt und kurzweilig geschrieben.

Eier im Glas, Assam-Tee. War das Ding gegen Augstein ein astreiner Rufmord? »Aber nein. Eigentlich mag ich ihn ja.« Er sitzt da so klein und schmal, man soll ihm bitte nicht böse sein. Eine Technik des Polemikers Broder besteht darin, mit den dunklen Broder-Augen zu funkeln und zu flirten, wenn er wieder etwas Ungeheuerliches sagt. Wie lautet seine Standardantwort auf die perfide Unterstellung, man dürfe ihn, den Krawallmacher Broder, schon deshalb nicht so hart rannehmen, wie er andere rannimmt, weil er Jude ist? Das kennt er schon. Langweilt ihn. Broder behauptet: »Das ignoriere ich. Auf bestimmte Diskussionen darf man sich nicht einlassen, weil man sie sonst legitimiert.«

Zum neuen Buch: War das schwer, zum Langweilthema Europa noch ein paar steile Sätze zu schreiben? »Ich war überrascht, wie einfach es ist. Das Buch schreibt sich ja jeden Tag in der Wirklichkeit fort. Eben las ich, die EU plant ein Verbot von Lakritzpfeifen.« Stimmt der Leseeindruck, dass er so ein Buch ziemlich schnell hinschreibt? O ja, das haut er nur so raus. Zufriedener Schnellschreiber Broder. Moment, jetzt soll er aber nicht gleich wieder zu zufrieden mit sich sein! Gibt's das Problem in seinem Buch, dass er Politiker grundsätzlich als dumm bezeichnet? »Ein Wolfgang Schäuble ist nicht dumm. Aber er glaubt, dass ich dumm bin – das ist noch schlimmer.«

Welchen deutschen Linken möchte er bei diesem gemütlichen Frühstück exklusiv in der *ZEIT* als Antizionisten an den Pranger stellen? »Den Christian Ströbele.« Im Streit um die Lieferung von Patriot-Abwehrraketen nach Israel habe der sich ewige Verdienste erworben.

Die Eier im Glas sind hart, nicht weich, wie sie sein sollten. Broder haut den Satz raus, den seine Mutter beim Anblick zu hart gekochter Eier gesagt hätte: »Ach, wenn wir so etwas nur einmal im KZ gehabt hätten!« Aua. Wieder die flirtenden Broder-Augen. Er will nur spielen!

Ist ihm das persönlich peinlich, dass Deutschland wieder das stärkste Land in Europa ist? »Nö.« In Israel, Island und den USA, den drei Ländern, die er regelmäßig besuche, seien die Deutschen die beliebtesten Ausländer. Regt ihn das auf, dass Deutschland nicht mehr Lust hat, militärische Vergeltungsschläge, zum Beispiel gegen Syrien, zu fliegen? »Natürlich!« Und er zündet einen klassischen Broder-Böller: »Die Deutschen sind immer noch damit beschäftigt, die Machtergreifung der Nazis von 1933 zu verhindern. Man zelebriert die Versäumnisse der Vergangenheit, anstatt jetzt, in der Gegenwart, einen furchtbaren Völkermord zu verhindern.«

Er klappt den Computer auf, führt einem auf seiner Internetseite *Die Achse des Guten* irgendeinen lustigen Streit über Fragen der Pressefreiheit vor, den er sich gerade mit dem deutschen Außenministerium liefert (rührend, seine Generation, die übersechzigjährigen, sind doch immer noch so fasziniert von den »unendlichen Möglichkeiten des Internets«). Kann er mal vormachen, wie das klingt, wenn er die sogenannten leisen Töne anschlägt? Jetzt schweigt er ganze zwei Sekunden lang. Den Rest des Tages möchte er nur lesen, lesen, lesen.

19. September 2013

MICHELLE MÜNTEFERING

Der Vormittag nach der Wahl. Wir treffen uns im Hotel in Herne, ihrem Wahlkreis im Ruhrgebiet, den sie als SPD-Direktkandidatin mit 48,6 Prozent gewonnen hat. Es gibt nicht so viele junge, frische Gesichter in der SPD: Michelle Müntefering, Jahrgang 1980, auch »schöne Michelle« genannt, seit vier Jahren Ehefrau vom Franz, der bekanntlich viel älter ist (schöne vier Jahrzehnte älter), ist eines. Sie trägt ihre Hornbrille mit den Weitsichtigen-Gläsern und eine Lederjacke und ist natürlich brutal gut aufgelegt: Bundestag!

Wie viele Schnäpse waren es gestern? Da kommt gleich dieses ganz liebe Lächeln, das sie sich in den Lokalpolitik-Jahren angewöhnt haben muss: »Kein Schnaps.« Depressions-Partei SPD? »Nö, Depressionen haben wir nicht.« Ist das ein blödes Gefühl, große Gewinnerin im Verliererverein SPD zu sein? Nein. Sie ist erleichtert, dass es für sie gut geklappt hat. Wir werden sie an der Lederjacke packen und schütteln müssen, damit ein druckbarer Satz aus ihr herausfällt.

Jetzt erzählt sie erst mal, dass ihr Mann Franz sie für brutal hält, weil sie das Frühstücksei immer mit dem Messer köpft. Schau an, das ist doch mal eine schöne Geschichte. Dann köpft sie lächelnd das Ei. Wir versuchen sie bei ihrer Anfängereuphorie zu kriegen, falls es da eine gibt. Gasgeben im Bundestag, wie geht das?

Langsam. Sie wird sich, so das frisch gewählte Bundestagsmitglied, für die Bereiche Verbraucherschutz und Infrastruktur bewerben. Auf welche Kollegen im Bundestag freut sie sich? Sie nennt Eva Högl aus Mitte und Sören Bartol aus Marburg. War das eine Uridiotie der SPD, auf die Agenda 2010 nicht stolz zu sein? Sie gibt eine lange und die erwartbare Antwort. Will sie dieses Frühstück nicht dafür nutzen, etwas Unerhörtes zu sagen? Ein Vorschlag: Warum setzt sie sich nicht hin, zusammen mit dem Franz, und schreibt ihrer müden SPD ein komplett neues Programm? Wieder das abgeklärte, das nachsichtige Lächeln. Viel kluge Weitsicht hinter den Weitsichtigen-Brillengläsern von Frau Müntefering: »Wichtig ist, dass die Generationen innerhalb der SPD-Fraktion gut zusammenarbeiten.«

Irgendjemand muss ihr gesagt haben, dass man als Politikerin seine Gesprächspartner am besten immer ganz intensiv anguckt: Das macht sie gut. Als Wähler aus Herne würde man ihr jetzt das Herz ausschütten. Kommt sie aus den sogenannten einfachen Verhältnissen? »Ja klar. Aber ich kokettiere nicht damit.« Ihr Vater hatte einen Rohrreinigungsbetrieb. Zu Hause standen exakt fünf Bücher im Regal (der ADAC-Campingführer, eine Chronik des Ruhrgebiets, ein Weltatlas, ein Fabelbuch, das Neue Testament).

Wie heißt die amtliche Bierstube in Herne? Das ist die Schalke-Kneipe Schacht 6 in Wanne. Besteht ihre Aufgabe als Abgeordnete aus Herne vor allem darin, alte Menschen in den Arm zu nehmen? Das findet sie jetzt eine lustige Frage. Die Politik müsse mehr als trösten, konkrete Lösungsvorschläge machen: »Im Wahlkampf haben mich Wähler besucht, die sagten: Ich hätte gerne einen Kühlschrank. Da muss man auch mal das Jobcenter anrufen.«

Und jetzt plötzlich, nach einer halben Stunde Frühstück, wirkt die Ernsthaftigkeit dieser jungen SPD-Abgeordneten. Eine Politikerin, die ihren Wählern Kühlschränke besorgt – daran ist schlicht nichts lustig und alles gut.

War sie schon mal in New York? Ja, letztes Jahr, zu ihrem Geburtstag, mit dem Franz. Auf der Mitte der Brooklyn Bridge, mit Blick auf Manhattan, sei das Ehepaar Müntefering in Genossen aus dem Sauerland hineingelaufen. Ach, schön. Gemeine Frage zum Abschluss: Welcher ist ihr deutscher Lieblingsschlager? »Das hängt mir Jahre nach, wenn ich das jetzt beantworte.« Stimmt. »Roland Kaiser ist doch super.« Glückwunsch.

2. Oktober 2013

LEANDER HAUSSMANN

Kantine des Berliner Ensembles. Er erzählt gleich, ziemlich lustig, dass die FDP, die wegen der fairen Theaterpreise von der nahe gelegenen Parteizentrale gerne zum Mittagessen vorbeikam, sich seltener blicken lässt: »Können die sich nicht mehr leisten.« Leander Haußmann, der große Spaßmacher, Charmeur, Quasselkopf im deutschen Kulturbetrieb (»Ich kann nicht anders als oberflächlich sein«). Man ist dauernd aufgefordert, seine Witze zu verzeihen, dabei wäre man besser damit beraten, den im Osten Deutschlands aufgewachsenen Theater- und Kinoregisseur als großen Geschichtenerzähler ernst zu nehmen: Wegen seiner Filme (*Sonnenallee*), zuletzt wegen des schönen Erinnerungsbuchs *Buh* wissen wir, dass die DDR ein grandioser, letztlich noch völlig unaufgearbeiteter Stoff ist. Halbe Käseschrippen, hart gekochte Eier: Im BE soll er den *Hamlet* auf die Bühne stellen.

Das schwarze Hornbrillengestell. Die weitsichtigen Augen hinter den Brillengläsern suchen nach der nächsten Pointe. Kann man mit ihm über Politik reden? »Wenn Sie akzeptieren, dass ein klarer Gedanke sofort aufgegeben wird, wenn der nächste um die Ecke biegt, gerne.« Grinsen. Sein süßer Ostberliner Singsang, sein niedlicher Mittfünfziger-weigert-sich-erwachsen-zu-werden-Charme. Mindestlohn: Berührt ihn so ein Thema?

Er redet jetzt engagiert und aufgeräumt darüber, dass auch Schauspieler natürlich einen Mindestlohn verdienten. Weltspiegel: Auf welchen Teil des Erdballs müssten wir seiner Meinung nach viel öfter gucken? Russland. Das mache ihm Sorgen. »Es kann doch nicht sein, dass ein Land, das so groß ist und so zentral liegt, einen Präsidenten hat, dem man Morde zutraut. Also ...« Frage an den Ostmenschen Leander Haußmann: Wie geht es den noch immer neuen Bundesländern? »Es geht uns doch gar nicht so schlecht.« Das Grinsen kann er echt gut. Die Trotzphase, in der der Osten beleidigt darüber war, dass der Westen ihn so einfach übernehmen konnte, die sei so langsam abgeschlossen.

Jetzt tritt plötzlich, hoppla!, Wolf Biermann (klein, mit Barbour-Jacke und weißem Schnauzbart) an den Tisch, und zwischen den beiden Männern entspinnt sich ein Gespräch. »Wen hast du eigentlich gewählt?«, fragt Leander. »Na, Merkel. Weil sie die letzte Sozialdemokratin ist«, erklärt Wolf, und Leander triumphiert: »Genau wie ich, genau wie ich! Weil wir beide Linke sind!« Freudiges Einverständnis. Die beiden wetteifern jetzt um die besten Stasi-Anekdoten aus den Siebziger- und Achtzigerjahren. Vieldeutige letzte Worte des alten Liedermachers: »Locker bleiben.« Irrer Auftritt.

Alkohol, Partys, Stasi, viele tolle Themen. Haußmanns Prinzip ist, dass unter tausend herausgequatschten Worten mindestens dreißig stecken, die der Rede wert sind – das muss man einfach gerne haben, und, lustig, das funktioniert auch. Der *Hamlet*, erklärt Haußmann, löse einem die Zunge, er setze das Bedürfnis frei, sich über Kunst, Theater und das Leben zu äußern. Na, da hat er sich doch das richtige Stück ausgesucht.

Hat Haußmann eigentlich erfunden, dass man als deutscher Kulturschaffender berlinern darf? Und abschließend noch eine tiefsinnige Frage an den großen Theatermacher und Philosophen Leander Haußmann: Wie sah das letzte hübsche Mädchen aus, das er getroffen hat? Der Regisseur erklärt, dass er mit seiner Freundin, der Schauspielerin Annika Kuhl, seit 18 Jahren eine Beziehung führe, die es ihm leichtmache, auf diese Fragen ganz ohne Scheinheiligkeit ihren Namen zu nennen: »Wir lieben uns. Wir können uns aber eigentlich nicht leiden. Verstehste?«

Die Quatscherei, man ahnt es, kennt weder Anfang noch Ende, aber viele schöne Momente.

26. November 2013

KATJA LANGE-MÜLLER

Eine Eckkneipe im noch fast nicht gentrifizierten Berliner Wedding. Sie hat für ein Uhr zum späten Frühstück bestellt, einfach weil der Vormittag keine kultivierte Zeit ist und der Mensch ausschlafen muss. Am morgigen Sonntag bekommt sie den Kleist-Preis verliehen: Katja Lange-Müller, die Ur-Berlinerin (in Ostberlin aufgewachsen, seit 1984 in Westberlin), eine Art Grand-Mère der Ost-Intelligenz. Sie schreibt nicht gerade schnell (ihr letzter Roman *Böse Schafe* erschien 2007). War je eine deutsche Schriftstellerin Rock 'n' Roll, dann sie – so rau, präzise und unsentimental ihre Sprache, so viel gerühmt ihre Trink- und Rauchfestigkeit. Mit ihrer Berliner Schnauze kann sie ganze Kneipenrunden unterhalten.

Rührei mit Würstchen. Die Zigarettenpackung liegt auf dem Tisch. Spannung, wie lange sie sitzen bleiben kann, ohne eine zu rauchen. Wie geht's ihrer Heimat, dem alten Wedding? Sie erzählt von Zigeunerlagern an der Nazarethkirche und zitiert einen Spruch, der auf der Speisekarte steht: »Der Wedding kommt – anders.« Und gerät ins Schwärmen über die original Berliner Sauflöcher und Eckkneipen: »Hier gibt es sie noch, die echten Pressluftschuppen. Die heißen dann Storchennest, Das kleine Versteck, Die faule Biene, Das weiße Ferkel und Bei Mario und werden geführt von einer Sächsin und einem Araber, die sich im feindlichen Missverständnis zugetan sind.« Klingt gleich gut, was sie da erzählt.

Was kann man vom waschechten Prolo, sofern es ihn noch gibt, lernen? »Witz.« Katja Lange-Müller erklärt: »Die Armen beklauen immer nur die anderen Armen. An die Reichen ist immer so schlecht Rankommen, wissen Sie.« Sie guckt herausfordernd, ob ihre Sätze ihre Wirkung tun. Tun sie. Krass. Die Schriftstellerin spricht so krass berlinerisch wie eine Berliner Busfahrerin.

Offensichtlich ist, dass sie zum Abend hin noch mal ganz anders in Schwung kommt – wir stellen jetzt die Fragen, die kein Mensch vor 22 Uhr und ohne ein Bier in der Hand beantworten kann: Gibt's das, einen Sozialismus mit einem menschlichen Antlitz? Jetzt explodiert sie fast: Waaaas? Wat? »So ein Scheiß«, sagt Katja Lange-Müller mit dem guten Grimm derjenigen, die etwa zehn Minuten zu lange keine mehr geraucht hat. Glaubt sie an die kommende starke Frau der SPD, Hannelore Kraft?

Sie sucht nach Worten. Das Glauben habe sie ganz aus ihrem Wortschatz gestrichen. Anstrengende Sache: Beim Sprechen und Zuhören betreibt sie immer auch Sprachkritik. Das Wort »überlegen« etwa lehnt sie ab, weil darin das Wort »Überlegenheit« stecke. Kann sie einen politischen Satz denken? »Nur als Kalauer: Macht macht nichts.«

Mit ihr, der Schriftstellerin, über deutsche Literatur reden. Wer ist das, dieser Adolf Endler, von dem sie immer wieder spricht? Sie ist überrascht, dass man so offen ahnungslos fragt. »Vor allem ein großer, großer Dichter. Und ein großer Anarchist.« Neben Clemens Meyer, der wirklich Gas gibt: Ist die deutsche Gegenwartsliteratur zu brav? »Der Meyer hält den Stab der großen Empiriker wie Wolfgang Hilbig hoch. Das macht er gut.« Dann hat sie Lust, über den Schreiber Kleist viele schöne und leidenschaftliche Sätze zu sagen.

Jetzt mufft es. Diese Berliner Eckkneipen! Am Tresen wird schon Bier gezapft. Sieht sie sich als Punk? »Der Punk von der Panke, dem Fluss, der unterirdisch durch den Wedding fließt: Das ist okay.« Fasst sie das Wort Kellerassel für sich als Kompliment auf? »Als Assel darf einen natürlich nur derjenige bezeichnen, der selber eine Assel ist.« Schön. Sie tritt vors Lokal. Eine rauchen. Schön abhusten. Mit der Kleist-Preis-Trägerin haben wir dann noch eine Runde durch die Pressluftschuppen im Wedding gedreht.

1. Dezember 2013

ULRICH MATTHES

Er legt Wert darauf, sich im alten Café Einstein zu treffen, nicht im neuen Einstein Unter den Linden, wo heute, am ersten Tag der neuen Großen Koalition, die aufgeregten Netzwerker tagen. Ulrich Matthes, Jahrgang 1959 – vielleicht ist das einfach der versierteste Schauspieler Deutschlands, er kann wirklich alles spielen, Könige, Manager, junge Männer, alte Männer, Goebbels *(Der Untergang)*. In Berlin ist Matthes längst eine Art stellvertretender Kultursenator: Was Brandauer für Wien und das Burgtheater ist, das ist er, der Großschauspieler, für Berlin und das Deutsche Theater.

Matthes, das Charaktergesicht (Nase, Wangenknochen). Ein Tee, ein weich gekochtes Ei, mehr nicht. Hilfe, man merkt gleich, dass er Lust hat, kluge, gut gesetzte, zum Nachdenken anregende Sätze zu sagen – es ist doch erst elf Uhr früh!

Wir holen ihn jetzt – mit Fragen zur Politik – herunter. Eine Frau ist seit dieser Woche der erste Soldat in Deutschland: Ist das nicht herrlich, wie Merkel ihren seit Jahren anhaltenden Feldzug gegen die Männer von Sieg zu Sieg führt? Er stutzt, guckt irritiert angesichts dieser ein wenig überdrehten Frage. »Das ist interessant und originell, dass eine Frau Verteidigungsministerin ist.« Geht ihm die Smartness der Ursula von der Leyen nicht auf die Nerven? Charmante Antwort: »Sie würde halt nie so einen niedlichen Satz wie Merkels ›Das Internet ist für uns alle Neuland‹ sagen.« Die neue Verteidigungsministerin hat erklärt, sie müsse sich jetzt erst einmal in ihren neuen Stoff, ihre neue Rolle einarbeiten. Hat ihm, dem Schauspieler, das gefallen? »Sie hat gesagt, sie wolle sich über Weihnachten einarbeiten. Da habe ich gedacht: Da werden sich die sieben Kinder aber freuen!«

Sollen wir weiter über Politik sprechen, die mit ihm irgendwie eine leichte, lustige Sache ist? Matthes: »Ich unterhalte mich so wahnsinnig gerne mal nicht über mich. Also: Weiter!« Welchen Politiker schätzt er als begabten Darsteller? »Für mich ist Schauspielerei ja eher, einem Moment von Wahrheit nahezukommen. Also: das Gegenteil von Verstellung.« An Kanzlerin Merkel schätzt Matthes den Verzicht auf jede Machtattitüde. Ist er eigentlich SPD-Mitglied?

Entsetzen: »Nein! Das wäre ja furchtbar!« Soll der Gabriel jetzt, wo er sich so toll durchgesetzt hat, mal wieder ein bisschen abnehmen? Dieser im Gespräch so routinierte Matthes weiß, dass man nicht auf jede blöde Frage eine Antwort geben muss. Er guckt. Grinst durch seine Brille hindurch. Sagt noch einen Moment lang besser nichts: »Der soll mal weitermachen. Und dann wird Gabriel 2017 gegen von der Leyen Kanzler.«

Das Ei ist gegessen. Der Schauspieler wirkt unruhig, weil

er den brillanten Satz, der potenziell immer in ihm steckt, bei diesem Frühstück noch nicht losgeworden ist. Kann man als Schauspieler zu durchgesetzt, zu arriviert sein? Die Frage nervt ihn jetzt natürlich. Ausgeschlossen, dass er mal Kulturstaatsminister wird? »Von mir aus nicht.« Kurzer Schreck, über das, was er da gerade gesagt hat. Befreiendes Gelächter. »Manchmal macht es mich wahnsinnig, immer nur für den Mikrokosmos meiner Rolle verantwortlich zu sein.« Steckt in ihm ein Politiker? »Nein, aber ein politischer Mensch.«

Ist er gut aufgelegt! Wir reden jetzt über die immer schöne Frage, ob das politische Theater ein Comeback haben sollte: Ja, sollte. »Theater hat total an Relevanz verloren. Die Themen werden woanders gesetzt.« Das ist – von ihm – schon eine Aussage. Er hat bei diesem Frühstück nicht mal ein Zehntel seiner darstellerischen Kraft anbringen können. Rückblick auf die vergangenen zwölf Monate: War 2013 das Jahr, in dem Otto Sander gestorben ist? »Ja. Und das Jahr, in dem Walter Schmidinger starb.« Zum Abschluss eine dezidiert private Frage: Wie sagt er »*I love you*«? Stille. Natürlich: ohne Worte.

22. Dezember 2013

FRIEDRICH VON BORRIES

Café Einstein Unter den Linden. Er kommt mit einem Paket mit der Aufschrift »Asoziales Unverkäufliches Unbrauchbares Kommerzielles Produkt«. Borries, Ende 30, Architekt und Designprofessor. Seine Marke ist ein Neo-Marxismus, zu dem der Prenzlauer-Berg-Bewohner, der »vieles, wie es ist, so nicht okay findet«, Ja sagen kann. 2013 erschien der Roman *RLF/ Das richtige Leben im Falschen,* der als Protestbewegung, Lifestyle-Unternehmen und als Fernsehfilm auf Arte fortlebt. Dieser Friedrich sieht gut aus (Brille, Bart). Er ist so alert, so smart, so beweglich, dass es einen schon ein wenig ratlos machen kann (in Berlin macht man Friedrich-von-Borries-Witze, wenn einer es mit dem Gut-aussehen-und-kluge-Dinge-Sagen übertreibt). Er nimmt das Sylter Frühstück und ein Ei im Glas.

Killerfrage zum Einstieg: Stimmt die Geschichte, dass er als junger Mann Mitglied bei den Jungen Liberalen war? Er zögert: »Ich wusste gar nicht, dass man sich in dieser Kolumne seinen Ruf ruinieren kann.« Jaja, als 18-Jähriger habe er es ein halbes Jahr lang für sinnvoll gehalten, parteipolitisch aktiv zu werden: »Eine Fehlentscheidung.« Und gleich die nächste Killerfrage: Ist es als Autor, der das richtige Leben im falschen propagiert, nicht ein Wahnsinn, für den Springer-Vorsitzenden Matthias Döpfner Ausstellungen zu kuratieren? Ach, schön: Jetzt ist das Gespräch bei der zweiten Frage schon auf dem Nullpunkt angelangt. Das gut funktionierende Von-Borries-Gehirn sucht nach Antwort: »Helfen da die tradierten Feindbilder weiter, die noch aus den Siebzigerjahren stammen? Ich bin eh der Meinung, dass man innerhalb des gesellschaftlichen Spektrums mit allen reden können sollte.«

Angespannte Stimmung, natürlich. Wir brauchen jetzt ein wenig Frühstück-typische Gemütlichkeit. Geht ihm der Modebegriff des Kuratierens auch so auf die Nerven? »Das ist ein austauschbarer Begriff geworden. Mal sehen, was sie uns jetzt hier gleich für ein Frühstück kuratieren.« Irgendwie ist nicht klar, von was die ersten Wochen des Jahres politisch so handeln. Hat er eine Idee? Er gibt eine Kostprobe seines toll beweglichen Geistes: »Langlaufen. Und die Beckenkrise von Merkel.«

Wir müssen natürlich ein wenig vom Revolutions-Kasperle der Linksautonomen in Hamburg reden: Kickt ihn das? Macht ihm das gute Laune? Ach. Es sei unheimlich traurig, was in Hamburg passiere. »Wenn man ironisch ist, könnte man behaupten, der Hamburger Senat habe sich da eine Werbekampagne für seine lebendige linke Szene ausgedacht.« Statt von Revolutionen möchte Borries lieber von den kleinen, feinen Projekten sprechen, bei denen Dinge schöner und besser werden, wie den Wohnprojekten von Andrea Zittel und den Prinzessinnengärten am Berliner Moritzplatz.

Frage an den jungen Designprofessor: Warum sieht so eine autonome Trutzburg wie die Rote Flora eigentlich so hässlich aus? Das möchte er so platt nicht stehen lassen: »Die permanente Ästhetisierung und Verschönerung des Stadtbilds ist ja auch Zwang und ein kapitalistisches Instrument. Dem gegenüber sind Räume, die das Abgeranzte, Kaputte und Improvisierte zulassen, auch ein Ausdruck von Freiheit und Befreiung.«

Er erklärt jetzt sehr schön, dass das echte Ei im Glas nicht im Glas serviert, sondern im Glas gekocht werden müsse. Wie geht es seiner Verzweiflung? »Gut. Sie wird genährt, sie wächst, sie bleibt Teil von mir.« Und der Denker Borries spricht jetzt die herrlich ironiefreien Worte: »Alle wissen, es muss was passieren. Und an allen Ecken und Enden der Gesellschaft klammern sich die Leute an ihren Besitzständen fest.« Mit drei in weißes Papier gewickelten Styroporplatten fährt er mit dem Zug zu seiner Hochschulklasse nach Hamburg.

2. Februar 2014

DORIS DÖRRIE

Vormittags im Soho-House, Berlin. Ihre Verfilmung ihres Romans *Alles inklusive* ist gerade fertig – puh, ey (ein Transvestit, ein perverser Tierarzt, Nadja Uhl, die mit einem Mops spricht, und Hannelore Elsner als melancholischer Hippie). Doris Dörrie ist Buchautorin und Regisseurin, insgesamt sind es etwa 35 Filme und 25 Bücher, ihr Film *Männer* (1985) prägt bis heute das, was in Deutschland als Filmkomödie möglich ist. Die bange Frage, ob man als gute, nicht grandios gute Künstlerin schlicht zu viel herstellen kann, muss bei ihr leider mit Ja beantwortet werden. Sie sitzt da mit der Dörrie-Frisur (weißblonde Strubbel) und der Dörrie-Brille (weißes Horn) und sieht ganz so aus, wie man als kultivierte deutsche Frau um die 59 mit der üblichen Hippie-Punk-Wohngemeinschafts-Vergangenheit wohl aussieht. Sie nimmt das pochierte Ei mit dem Vollkornbrot. Ist das ihr Trick, dass sie auf die viel beklagte Drehbuchkrise reagiert, indem sie ihre eigenen Romane verfilmt?

Gleich eine gewisse Strenge in ihrem Ton: Nein. »Ich komme ja aus der Prosa. Und habe dann angefangen, die Prosageschichten in Drehbücher zu verwandeln.« Ist sie

Autorenfilmerin? »Ich bin Tierfilmerin. Mich interessiert das Zoon, griechisch: Lebewesen.« Frage an die Erfinderin der modernen Beziehungskomödie: Findet sie die Filme von Schweiger und Schweighöfer gut? Hmm. Sie macht da jetzt ein Geräusch. »Sie sind teils wirklich gut geschrieben. Für meinen Geschmack sind sie in der Inszenierung dann nicht genau und damit auch nicht bizarr und glaubwürdig genug.« Doris Dörrie hat öfter schon erzählt, wie sie sich an freakigen Orten in Deutschland mit Notizbuch hinsetzt und einfach nur beobachtet: An welchem Ort in Deutschland kann man in das deutsche Wesen am tiefsten hineinschauen?

Sie setzt einen verspielten Gesichtsausdruck auf: »Ich würde sagen: Fußgängerzone Hannover. Da sehen Sie alles. Es gibt nichts Deutscheres.« Ist es da nicht auch traurig, in der Fußgängerzone? »O ja. Es gibt keinen melancholischeren Ort.« Über welche Szene im Alltag musste sie zuletzt lachen? Die Regisseurin erzählt davon, wie sie sich neulich eine neue Küche einbauen ließ und wie unter den Handwerkern alle klassischen Komödientypen auftauchten, der Gaukler, der Schriftsteller, der philosophierende Professor. Das Leben – zum Schmunzeln, zum Kaputtlachen!

Kann sie einen politischen Satz sagen? »Das Private ist politisch. Das Privatleben der Politiker wird in die Öffentlichkeit gezerrt, und wir sind die Moralapostel.« Also rein ins Private, sie ist ja seit 15 Jahren mit dem Constantin-Chef Martin Moszkowicz liiert. Ist ihr Mann, wie die Leute sagen, der nach dem Tod von Bernd Eichinger mächtigste Player der deutschen Filmbranche? Sie erschrickt schon ein wenig über so eine prollige *Bunte*-Frage. Die dezente Antwort: »Er ist der mächtigste Mann in unserer Wohnung.«

Man könnte, müsste sich mit ihr jetzt über ein gesellschaftlich relevantes Thema unterhalten, Prostitutionsverbot, Homophobie, Steuermoral bei Millionären, so was. Und sie würde den jeweils wohlklingenden, ausgewogenen, mehrheitsfähigen Standpunkt formulieren, das kann sie. Ist das blöd, wenn Männer sich nicht für Feminismus interessieren? »Männer sollten sich für Frauen interessieren.« Und noch eine ein bisschen gemeine Frage: Sind Frauen, die den schauderhaften New-Age-Satz »Jeder Tag ist ein guter Tag« aufsagen, nicht die allerschönsten Figuren für eine deutsche Filmkomödie? Sie übersetzt das jetzt rasch ins Japanische. Und erklärt: »Dieser Zen-Satz ist an sich eine Frechheit. Der will dich kicken, dir Energie geben.« Und sie gibt noch fünf Interviews zu ihrem leider nicht so guten neuen Film.

27. Februar 2014

JAN BÖHMERMANN

Ein Café in Potsdam: Hier macht er mit seiner Live-Show Station. Er kann ganz viel in ganz kurzer Zeit sagen, und da ist dann sehr viel Helles, Lustiges, grandios Gescheites dabei. Jan Böhmermann, der Quatschkopf, Chef-Ironiker, »Harald Schmidt der Facebook-Generation« (uff), die Hoffnung, dass die gute Fernsehunterhaltung sich in Spartenkanälen versteckt. Seine TV-Show *Neo Magazin* wurde gerade mit dem Grimme-Preis ausgezeichnet. Sein Problem ist, dass ihm pro Sendung zu viel Witze einfallen, er hat so gar nichts von der Samstagabend-Gemütlichkeit eines Jörg Pilawa – deshalb wollen ihn die großen Sender noch nicht im Hauptprogramm haben. Die schmalen Schultern, die dünnen Arme. Rührei mit Bacon. Eine simple Frage: Wann hat er zum letzten Mal richtig lachen müssen?

Gestern auf der Bühne, beim Delfin-Therapie-Gag, ein zuverlässiger Ankommer: Der Ansatz ist, dass Behinderte zu depressiven Delfinen ins Wasserbecken müssen. Und wann musste er zum letzten Mal beim Fernsehgucken laut lachen? »Beim Fernsehgucken?« Er reibt sich die Augen, den Bart. Seine Hände bedecken sein Gesicht. Er hat nun schon seit fünf Sekunden nichts geantwortet. »Mir fällt nichts ein.« Ist die Politik als Stoff für eine Fernsehshow zu gebrauchen, oder ist die ein Flop? »Die moderne Politik ist sich ihres eigenen Entertainment-Faktors immer schon so bewusst. Das wird bestenfalls Kabarett.«

Er guckt aus dem Fenster: »Da wird gerade ein Kind von einem Auto überfahren. Nein. Ist doch gut gegangen.« Ein Adrenalinschub für unser gemütliches Frühstück hier: Unterhaltungsprofi Jan Böhmermann. Berühmt sind seine Gesangsauftritte, zum Beispiel im Ferseheinspieler *Beate Zschäpe – Das Musical.*

Sieht er sich eigentlich als Sänger, als so eine Art Freddy Mercury? »Ich bin so eine Art Ina Müller.« Wäre das für seine Karriere gut, wenn er unkomischere, also müdere Witze machen würde? »Das klingt verlockend: Aber die Abgeschlafftheit will einfach nicht kommen. Ich bin zu jugendlich, zu naiv.«

Er weigert sich gekonnt, die für seinen Humor entscheidende Frage zu diskutieren, ob eine Fernsehshow zu dicht, energetisch, überspannt sein kann. Das Fernsehen sei ein gemütliches Medium, im Internet dagegen müsse die Schlagzahl hoch sein: »Der Zuschauer ist schneller auf youporn, als dir lieb ist.« Und dann erklärt der Showmaster, wie man schon an den Sitzmöbeln das unterschiedliche Tempo von Fernsehen und Internet erkenne: Fernsehen rezipiere man auf dem Sofa, in halb liegender Stellung, das Internet bediene man aufrecht sitzend und könne so viel schneller reagieren.

Das Rührei hat er in typischer Junge-Männer-Manier

blitzschnell weggefuttert. 1998 rief der Popautor Christian Kracht das Ende der Ironie aus. Und? Empfindet er die Ironie als Hölle? Im Gegenteil, Deutschland habe in Sachen Ironie Nachholbedarf. »Mit dem Enthusiasmus eines Entwicklungshelfers versuche ich, die Ironie in Deutschland durchzusetzen.« O ja, diesem Entertainer ist jederzeit etwas wirklich Großes – ein großes Kunstwerk, eine politische Aktion, die ganz Deutschland durchschüttelt – zuzutrauen.

Wir wollen nun die große, die philosophische Frage stellen: Was hat das für einen Sinn, lustig zu sein? Weshalb überhaupt Gags? Und dieser mit hunderttausend Gags, Pointen und Beobachtungen aufgeladene Feingeist erklärt: »Das Gute an Witzen ist die Entlastung. Jeder ist, auf seine Art, witzig, eigentlich, und jeder kann lachen.«

Ist der Schüler Jan Böhmermann je für einen politischen Inhalt demonstrieren gegangen? O ja, gegen Nazis in der Nazi-Hochburg Bremen-Nord. Eine Viertelstunde spazieren wir noch durch das Holländische Viertel. Putin, Erdoğan, AfD-Parteitag, die deutsche Verteidigungsministerin, Kindererziehung, lauter ernsthafte, gänzlich unlustige Gedanken. Schön.

5. April 2014

FABIAN HINRICHS

Treffen in einem vollkommen unhippen Oma-Café am Kurfürstendamm: Er möchte gerne da frühstücken, wo auch alte Menschen sitzen. Florian Hinrichs, Ende 30, der Anti-Schauspieler. Er ist im Umfeld der Berliner Volksbühne als Castorf-Schlingensief-Pollesch-Darsteller groß geworden. In Kino und Fernsehen hat er natürlich auch gespielt (ab Herbst ermittelt Hinrichs im fränkischen *Tatort*). Es haben ihn alle, vor allem die Feuilletons, sehr gerne, weil er auf der Bühne so brutal charmant, auf eine berührende Art linkisch und gehemmt rüberkommt. Hinrichs' Spiel wirkt dabei immer so, als wollte er alle anderen Schauspieler, die mit ihm auf der Bühne stehen, und das gesamte deutsche Theater und Kino vorführen.

Ein Vier-Minuten-Ei, bitte. Seine sympathisch unkräftigen, untrainierten Arme. Die berühmte rosige Fabian-Hinrichs-Gesichtsfarbe. Man kann ihm schwer eine Frage stellen, das ganz normale Frage-Antwort-Spiel findet er lächerlich. Liest er morgens die Zeitung? Gibt es ein innenpolitisches Thema, das ihn berührt? Grinsender Hinrichs. Ein berührendes politisches Thema, das ist ja auch lustig. »So etwas wie der Mindestlohn ist mir schon wichtig. Natürlich muss es einen geben.« Hinrichs erklärt, dass ihn die Verteilungsungerechtigkeit, die Verwerfungen des Kapitalismus immer interessiert haben: »Ohne mich als Sozialisten zu bezeichnen. Das bin ich natürlich nicht.« Es geht jetzt um die Frage, ob den deutschen Zeitungsleser so etwas wie die humanitäre Katastrophe im Südsudan interessieren müsse. Doch, die interessiere ihn, erklärt Hinrichs. Ihn plage ein Schuldbewusstsein, weil er nur Schauspieler sei: »Je besser es mir geht, desto mehr möchte ich mich engagieren.« Und der Schauspieler zitiert Bazon Brock: »Man köpft das Frühstücksei. Und das ist der Sieg der Kultur über die Barbarei.« Man wisse, dass einem in diesem schönen Frühstückscafé eben nichts Schlimmes passieren könne. Sagt der Ei essende, in der Sonne sitzende Schauspieler. Findet er das jetzt selber ziemlich gut von sich, dass er so ernst und unironisch daherredet?

Andere Fragen, die entscheidende Frage: Versucht er das Kunststück, ein Schauspieler zu sein, ohne Schauspieler zu sein? Früher hätte er das mit Ja beantwortet. »Heute sage ich einfach: Ich möchte ein guter Schauspieler sein.« Tut das gut, schlecht über das deutsche Kino zu reden? Ach. Nein. »All die Kritik, die gelegentlich wütende Ablehnung kommt ja eigentlich aus einer Liebe heraus.« Und dann spricht er einen Satz, der ein wenig so klingt, als wäre das Gegenteil seiner Aussage auch wahr: »Ich würde sagen, dass ich den Beruf des Schauspielers und des Regisseurs eigentlich achte.« Lustig. Und der kluge Schauspieler startet einen erneuten Versuch, die Interviewsituation zu unterwandern. »Ich würde im normalen Gespräch ja immer zurückfragen.« Grinsen. Natürlich.

Und so viel mehr bespricht man bei einem Frühstück dann auch gar nicht. Es geht darum, wie man als Schauspieler sauber bleibt, also nicht zu viele von den idiotischen Kinorollen annimmt, die mit 4000 Euro Tagesgage verrückt gut bezahlt sind. Ist sein Engagement beim *Tatort* für ihn, der seine Karriere als Außenseiter gemacht hat, letztlich doch rufschädigend? »Nein.« Mit Réné Pollesch plant Hinrichs eine Neufassung der *West Side Story*. Das wäre natürlich wieder ein astrein sauberer Job. Der Schauspieler sagt einen in seiner Schlichtheit wirklich subversiven Satz: »Ich will ja eigentlich gar nicht so viel arbeiten.« Wann hat man diesen Satz von einem König des Kulturbetriebs zuletzt gehört? Ein paar Gags gehen noch. Und dann kurvt der Schauspieler, der einen durch seine Aufrichtigkeit schlagen will, auf seinem goldenen Punk-Fahrrad davon.

8. Mai 2014

INGA HUMPE

Sie steht im Café Bravo im Hof der Berliner Kunst-Werke und liest ein Interview mit dem Rapper Cro mit der Überschrift *Mädchen können nicht rappen*. Die Überschrift und den Rapper findet sie natürlich unmöglich. Inga Humpe – eine Legende des Berliner Nachtlebens und der deutschen Popmusik. 1983 erschien ihr Neue-Deutsche-Welle-Hit *Codo … düse im Sauseschritt*. Mit dem neuen Album ihres Duos 2raumwohnung (gemeinsam mit Tommi Eckart) hat sie zwei Tourneen abgeliefert, jetzt sind die Festivals dran. In Berlin-Mitte hat die blonde, schöne, immer irgendwie krass entspannt wirkende und klug und hintersinnig lächelnde Humpe den Status einer Königin. Es ist ganz simpel so: Taucht Inga Humpe auf einer Party, einer Ausstellungseröffnung, einem Konzert auf, dann ist es gut, dann bleiben wir noch ein bisschen.

Sie kann kein Frühstücksei bestellen, weil es im Café Bravo keine Bioeier gibt. Also einen Quark mit Beeren. Einstimmungsfragen an die Nachtlebenlegende: Wann stand sie das letzte Mal um sechs auf einer Tanzfläche? Na, vorgestern Nacht. Beim Festival Summer-Rave auf dem Tempelhofer Feld. Bitte möglichst exakt beschreiben:

Wie klingt in diesem Sommer der perfekte Beat? Das kann sie gut beschreiben: »Ein moderner Beat hat im Moment kein Hi-Hat. Sonst ist alles offen.« Im Großen und Ganzen: Machen die Drogen eher klug oder dumm? »Alles zusammen: eher dumm. Mit einzelnen scheinklugen Momenten.«

Wer das Äußere von Inga Humpe beschreibt, landet schnell bei Frauenzeitschriften-Sätzen (ewig jung, alterslos schön). Die blonden Haare drehen sich ab der Höhe des Kinns zu kurzen Korkenzieherlocken hoch. Politische Fragen: Welche Zeitungsmeldung hat sie zuletzt berührt? Da redet sie jetzt von einem Text von Harald Martenstein im *Tagesspiegel* über Frauen, die in ihrem muslimischen Umfeld gesteinigt und getötet werden. »Das hat mich berührt, dass da ein Schreiber, der sonst ein Witzbold ist, mal einen ernsten Text abliefert.« Rückblickend, war die Loveparade, das große gesellschaftliche Experiment der Neunzigerjahre, eine politische Demonstration? »Da halte ich es mit den Granden der DDR, die sagten: Alles ist politisch. Natürlich war die Loveparade politisch.«

Wir reden über die David-Bowie-Ausstellung im Walter-Gropius-Bau, die Frank-Walter Steinmeier mit einer Rede eröffnete. Was bedeutet es für unser Land, wenn der deutsche Außenminister über Iggy Pop, Lou Reed, Blixa Bargeld, Romy Haag und Kraftwerk redet, und zwar flüssig und kenntnisreich und nicht anbiedernd? »Das ist schon eine neue Qualität«, erkennt der Popstar an. »Ich empfinde das als erfreulich. Es gibt ein neues Kulturbewusstsein in Deutschland.« Will man in einem Land leben, in dem der

Außenminister sich als Bowie-Fan zu erkennen gibt? »Ich schon.«

Naheliegende Fragen: die nach dem Älterwerden. Wie schützt sie sich vor den vielen alt gewordenen DJs und Nachtlebenlegenden, die in Berlin an jeder Straßenecke herumstehen? »Ich muss mich vor denen nicht schützen, ich schätze die.« Die DJs WestBam, Hell, François Kevorkian kann sie immer wieder hören. Gerade war sie auf einem Set von Sven Väth auf Ibiza: »Der hat überraschend düster aufgelegt. Alles ganz neu.«

Sie nimmt das Cro-Interview mit der frauenfeindlichen Überschrift noch mal in die Hände und möchte jetzt noch ein paar Sätze über Feminismus sagen. Das kluge Lächeln der großen Dame Inga Humpe: »Die jungen Männer, die jetzt 15, 16, 17 sind, werden alles Feministen, da bin ich sicher.« Wie lautet ihr Gruß an die nur zwei Jahre jüngere Kollegin Madonna? »Liebe. Mehr nicht.«

5. Juni 2014

DIEDRICH DIEDERICHSEN

Zwölf Uhr mittags in einem Schöneberger Café. Er trägt ein bügelfreies weißes Hemd und die berühmte Malcolm-X-Brille. Diedrich Diederichsen, der Vater des deutschen Popjournalismus. Sein unvergessenes *Sexbeat* (1985) mit dem tollen roten Buchumschlag – zuletzt erschien sein Hauptwerk *Über Popmusik*. Einer ganzen Generation von Journalisten hat er vorgemacht, dass es möglich ist, klug, funky und auf Deutsch zu schreiben. Gleichzeitig möchte man ihm, dem Poptheoretiker, die verboten klingende Frage stellen, ob es wirklich nötig ist, so abstrakt und schwer verständlich über Popmusik zu schreiben. Er wirkt distanziert, schaut – bis an die Grenze des Unhöflichen – nicht den Interviewer an, sondern zum Fenster hinaus. Er hat jetzt keine Lust, ein Ei zu bestellen. Also nur Kaffee.

Betont simple Frage zum Einstieg: Gibt es einen Radiosender, den der Popmensch Diederichsen erträgt? »Es gibt so Ausflüge im Auto, in denen ich dann doch mal Radio höre. Im Berliner Umfeld geht's. Richtung Hamburg wird's dann eher unerträglich.« Wir wuchten jetzt einen durch tausend Bedeutungen kontaminierten Begriff auf den Cafétisch: Wann war er das letzte Mal an einem Ort der Subkultur, und wie war's? »Ach, eigentlich oft. Das letzte Mal vor drei Tagen.« Diederichsen erzählt von Clubs an seinem zweiten Wohnsitz Wien, in denen sich DJs, Musiker und politische Aktivisten treffen.

Warum ist das Schreiben über Popmusik so kompliziert? »Was ich in meinem letzten Buch schildere, ist schon eine Entdeckung. Das wird nicht allgemein vertreten. Wenn man Vorschläge zur Begrifflichkeit macht, muss man halt begrifflich arbeiten.« Versuch, den Geistmenschen Diederichsen durch Angucken zu begreifen: Wie würde er seine spezielle Sorte Geist beschreiben? »Ach ja, ich habe ja auch verschiedene Leidenschaften. Ich sortiere und ordne ganz gerne. Und tue auch das Gegenteil. Erst die Abstraktionsleistung, dann die Sache wieder gefährden.« Gefragt, welches aktuelle Phänomen der Popmusik ihm auf eine konstruktive Weise unklar ist, nennt er die kuwaitische Musikerin Fatima Al Qadiri. Die schwelge in extrem abgegriffenen, warenförmigen Elektrosounds, gut billig, aber eben sorgfältig billig gemacht.

Die schöne Distanz, die er beim Reden hält: Der unruhige Geist hinter den fettigen Brillengläsern, er will flackern, wandern, sich aus dem Fenster flüchten. Hat der Popjournalismus sich zu Tode gesiegt? Also: Findet er nicht, dass in den Politikteilen der großen Tageszeitungen zu viele lustige und funky Texte erscheinen?

Hm. Deutsches Politik-Feuilleton lese er nicht so viel: »Vielleicht auch deshalb.« Interessiert ihn zum Beispiel, was da in der Ukraine vorgeht? »Mich interessiert das Scheitern von Ideologie. Wenn Nationalisten anderen

Nationalisten vorwerfen, Nationalisten zu sein. Oder Faschisten.« Wie steht es um die wirkungsvolle Verbindung zwischen Pop und Politik? »Die klappt ja schon länger nicht mehr, genauer, seitdem die Kommunikationswege der hierarchischen bürgerlichen Öffentlichkeit zu funbunt und knallbunt gewechselt sind.« Gerhard Schröder etwa sei schon 1998 als Popstar bezeichnet worden.

Wie er den einfachen Text verweigert, im Mündlichen wie im Schriftlichen: Für ihn, den Theoretiker, hört sich das Komplizierte anscheinend einfach richtig an. Will er so kompliziert schreiben? »Mal so, mal so. Manchmal bin ich dankbar, wenn der Lektor da, wo ein Komma steht, einfach einen Punkt setzt. Und manchmal sage ich: Das muss so sein.« Er guckt einen plötzlich an. Wie bei vielen tollen Geistern haut es mit dem Lächeln nicht ganz hin. Wir haben uns auf sehr animierende Art null verstanden.

20. Juli 2014

STEFFEN SEIBERT

Später Vormittag im Garten des Cafés Einstein in der Berliner Kurfürstenstraße. Der Bundestag ist in der fünften Woche der Sommerpause, Steffen Seibert, Jahrgang 1960, ehemals Moderator des *heute journals* und seit einigen Jahren Sprecher der Bundesregierung, war mit seiner Familie an einem norditalienischen See. Das ist schon ein kleines Wunder, dass er zum Interview erscheint: Die Aufgabe eines Regierungssprechers besteht ja weniger darin, eine interessante eigene Meinung zu vertreten, als darin, die Arbeit der Regierung zu verkaufen. Seine korrekte Erscheinung: Der Regierungssprecher der Bundesrepublik Deutschland trägt braune Wildleder-Clarks. Er sieht doch immer so frisch geduscht und nach den Sechzigerjahren aus (wie der junge Karlheinz Böhm). Seibert bestellt Omelette. Das könnte danebengehen, aber vielleicht kann man beim Plaudern mit ihm sogar ein wenig abheben – von ihm geht die Aura eines Bohemiens, ja, eines Geistesmenschen aus.

Er gibt ein »Aaaaah« von sich, weil es im Garten so wunderbar schattig ist. »Das gibt es sonst gar nicht, dass ich mich um elf Uhr vormittags zum Frühstück treffe.« Seine klar prononcierende Stimme. Welches heikle Thema musste er zuletzt den Journalisten erklären? Er denkt nach. »Oft sind die heiklen Themen ja gar nicht die wichtigsten, sondern die, die zwischen den Koalitionspartnern wegen irgendwelcher Details hakelig sind.« Zuletzt reiste er mit der Kanzlerin nach China, Brasilien und Kroatien. Braucht man als Regierungssprecher eine starke Konstitution? Anders gefragt: Ist es ihm schon einmal gelungen, neben der Kanzlerin ein Nickerchen zu halten? Er lächelt. Dann lacht er, weil die Vorstellung natürlich amüsant ist, wie er neben der Kanzlerin pennt. Antwort ins Allgemeine: »Wenn man die Ehre und das Vergnügen einer solchen Aufgabe hat, nölt man nicht über die Arbeitsbelastung. Außerdem kann ich überall einschlafen, auch in Flugzeugen und Hubschraubern.« Mythos Morgenlage im Bundeskanzleramt: Was genau passiert da? Kann er da bitte einmal aus dem Nähkästchen plaudern? Nein, er möchte nicht plaudern. »Die Morgenlage ist ja nur deshalb ein Mythos, weil eben nicht über sie geplaudert wird. Es ist eine Runde vollkommener Vertraulichkeit.«

Der Regierungssprecher denkt nun über das Verhältnis zwischen Deutschland und Amerika nach: Es sei erschreckend zu hören, wie die USA mit Mächten gleichgesetzt würden, die weder Demokratie noch Menschenrechte als Grundlage hätten. Die Weltkrisen sind in diesen Wochen so groß, dass das Innenpolitische fast out ist. Richtig? »Eine Bundeskanzlerin steht mit einem Bein in der Weltpolitik und befasst sich mit Ukraine-Krise, Chinas Wirtschaftsentwicklung und NSA-Überwachung; mit dem anderen Bein steht sie in der Innenpolitik und kümmert sich um Bafög, Biogassubventionen oder Haushaltsfragen.«

Nach seinem Glauben (er ist zum Katholizismus konvertiert) fragen wir ihn nicht, damit kommen ihm alle Seibert-Porträtisten. Er hätte jetzt gerne, dass man ihn mal nicht nach der Kanzlerin fragt.

Liest er Proust? *Auf der Suche nach der verlorenen Zeit* hat er gelesen. Kann er ein Gedicht auswendig? Seibert zitiert Emily Dickinson. Nach seinem Lieblingsduett in Mozarts *Così Fan Tutte* gefragt, nennt er *Il Core Vi Dono*. Endlich, jetzt plaudern wir – wir fliegen! Weil's gerade so schön ist, müssen wir ihn nach Merkels ungeheurer Popularität fragen. Ganz blöd: Macht Merkel auch etwas falsch, wenn sie so beliebt ist? Regierungssprecher Seibert: »Die Bundeskanzlerin weiß aus Erfahrung, dass die Zahlen von morgen nicht die Zahlen von heute sein müssen.« Er fährt nun zum Bahnhof, seine Mutter vom Zug abholen.

18. August 2014

CAREN MIOSGA

Ein Studenten-Café im Hamburger Schanzenviertel. Caren Miosga, Mitte 40 – seit nun auch schon sieben Jahren ist sie Sprecherin der *ARD-Tagesthemen*. Man will, obwohl das naheliegt, sich jetzt nicht über die absolut niedlichen Gesichtsausdrücke auslassen, die sie zum Trostlose-Nachrichten-Anmoderieren aufsetzen kann. Berühmt sind ihre linke Augenbraue und eine widerspenstige Haarsträhne, die sie aus der rechten Stirnhälfte streichen und hinter das Ohr stecken kann. Caren Miosga ist die kluge, weltgewandte Frau, wie man sie vom Moderne-Deutsche-Viertel Prenzlauer Berg kennt, nur eben noch ein bisschen klüger, frischer, humorvoller. Neulich gefährdete sie ihren guten Ruf, als sie sich zum Tod des US-Komikers Robin Williams auf den Moderationstisch stellte – eine übertrieben und, tja, unseriös wirkende Geste (warum für einen letztlich mittelmäßigen Komiker so aus der Rolle fallen?).

Spiegeleier und Baguettebrötchen. Mann ey, kommt sie angenehm und sympathisch rüber (man will gleich nur noch Quatsch machen, keine Fragen mehr stellen). Wir eröffnen also bewusst mit einer ernsten, ein bisschen sperrigen Frage: Warum sollen sich Menschen jeden Tag im

Fernsehen die Nachrichten angucken, wo ist da der Sinn? Sie setzt ein zur Frage passendes, nachdenkliches Gesicht auf: »Das frage ich mich auch manchmal. Im Moment ist es, bei dieser Nachrichtenlage, echt schwer aushaltbar. Da könnte ich gut verstehen, wenn die Zuschauer sagen: Das kann ich mir nicht anschauen.«

Sie kann das beurteilen: Sind die Krisen derzeit wirklich so schlimm, wie alle sagen? Nein, diesem Medientenor möchte sie sich nicht anschließen: »Ich muss nicht erwähnen, dass in Afrika unentwegt die schlimmsten Krisen herrschen. Und da guckt oft kein Mensch hin.« Der ernste Text zu ihrem latent unernsten, zu Späßen aufgelegten Gesicht – so kann man weiterreden. Hatte sie, wegen der Nachrichtenlage, schon mal eine richtiggehende Traurigkeit in sich? »Robert Gernhardt ist gestorben. Da war ich traurig.« Lächeln: »Der Rest ist nicht traurig.« Großes Caren-Miosga-Gelächter. Das war aber ein schöner Nachsatz.

Wir reden jetzt ganz viel, dieses und jenes, alles sehr leicht und lebendig, und verlieren uns im Gespräch – das geht gut mit ihr. Rasch eine politische Frage: Was würde sie Putin in einer Live-Schalte fragen? »Ich spreche Russisch und würde ihm gerne folgendes Zitat aus Tolstois *Krieg und Frieden* vorhalten: ›Ohne Selbsterkenntnis ist jede Beobachtung und jede Vernunftanwendung unmöglich.‹ Stimmt das, Herr Putin?« Wow, das möchte man natürlich erleben, wie Caren Miosga den russischen Despoten live in den *Tagesthemen* mit Tolstoi aus dem Rhythmus bringt.

Sie erzählt jetzt von ihren noch jungen Kindern. Einverstanden, wenn man sie, von der Frisur, ihrem Kleiderstil, ihrer Körpersprache, ihrem Humor her beurteilt, für eine typische konservative Grünen-Wählerin hält? »Nö.« Sie ist ja insofern eine moderne Vertreterin der Mediengesellschaft, als sie nie in Game- und Talkshows auftritt. Soll das, was man von der privaten Caren Miosga mitbekommt, extra ein bisschen langweilig wirken? Sie versteht jetzt nicht ganz. »Ja? Wirke ich langweilig?« Wieder ein großes, dieses Mal ein bisschen unsicheres Gelächter. »Das ist mir natürlich ganz recht, wenn die Leute mich für langweilig halten. Sonst rufen dauernd diese komischen Zeitschriften bei mir an.«

Zur letzten Gabel Spiegeleier eine philosophische Frage: Was ist der tiefere Grund für die schöne Fröhlichkeit, die ihr zum Ende der *Tagesthemen* stets im Gesicht steht? »Bin ich so fröhlich? Das weiß ich gar nicht.« Ach, ihr Fernseh-Profis. Das wäre allerdings wunderbar, wenn sie von ihrem Lächeln in der letzten Einstellung keine Ahnung hätte.

18. September 2014

JOKO WINTERSCHEIDT

Das Café Bravo in den Kunst-Werken in Berlin-Mitte. Eine Überraschung ist, dass er allein kommt, irgendwie hatte man gedacht, dass es ihn nur zusammen mit seinem Partner Klaas Heufer-Umlauf gibt: Joko Winterscheidt, Mitte 30, gebürtig aus Schwalmtal bei Mönchengladbach. Als Duo Joko und Klaas liefern sie den amtlichen, tendenziell sadomasochistischen Unsinn, der heutzutage bei den jungen Leuten gut ankommt (das Brandenburger Tor ablecken, sich lebendig begraben, mit Stromschlägen bestrafen, den Mund zunähen lassen). Wenn Leute unter zwanzig überhaupt noch Fernsehen gucken, dann wegen Joko und Klaas und ihrer Sendungen *Circus HalliGalli* und *Duell um die Welt*. Er sieht aus wie im Fernsehen (Hornbrille, Nike-Air-Max). Rühreier. Die Frage ist, ob man während des halbstündigen Frühstücks nur Unsinn redet, was in Ordnung wäre, oder ob doch ein ernster Satz fällt. Hinterhältige Frage: Versteht er die jungen Menschen?

Dieser Joko Winterscheidt führt jetzt vor, wie man schnell reden und dabei fast nichts sagen kann, außer das Naheliegende (Die jungen Leute haben heute das Internet, früher gab es das noch nicht, das Internet). Was haben die

Wörter »Swag« und »Swagger« zu bedeuten, die bei jungen Menschen derzeit inflationär im Gebrauch sind? Das ironische, von tausend Fallen und Finten durchsetzte Sprechen exerziert er mit seinem Partner Klaas in jeder Sendung, deshalb zögert Joko, ob er sich auf die Junge-Leute-Versteher-Fragen einlassen soll. Einer, der Swag hat, so Joko Winterscheidt, ist einer, der gut drauf ist, so einfach.

Ganz andere Sache: Sein linker Daumen ist mit hellblauem Pflasterstreifen umwickelt. Was ist da passiert? Unangenehme Geschichte, erklärt Joko, das sei die iPhone-Krankheit. Der Daumen sei schlicht nicht für die iPhone-typische Wischbewegung gemacht, jetzt müsse der Daumen mal ein paar Wochen stillhalten. Gelächter. Es ist ein gutes, selbstironisches Gelächter. Er weiß ja selbst, dass er da die Kurzdiagnose seiner Generation geliefert hat: Wir saunetten, supersympathischen Typen aus dem Fernsehen haben keine großen Probleme, wir leiden an der iPhone-Krankheit.

Wir wollen diesen einen, nicht sofort verständlichen, den abgründigen Satz von ihm hören. Ist alles, alles lustig? Sein den Frager prüfender Blick: »Ja. Schon. Fast. Ich würde aber gerne noch mehr lachen.« Gehört er zur Generation Ablachen? Er lässt die krawallig-laute Gröl-Lache aus dem Fernsehen hören. Was ist die politische Aussage von Nike-Turnschuhen? Anders gefragt: Klimaschutz, Asylrecht, Salafisten in Deutschland – berührt ihn irgendein politisches Thema? Es seien schon krasse Zeiten: Syrien, Ukraine, der Terrorkrieg des IS. Das Gesicht der Generation Ablachen bemüht sich um einen ernsten Ausdruck: Sein Vater habe noch eine Kriegskindheit erlebt. Er selber habe nicht für möglich gehalten, dass er sich je um so etwas wie Krieg Gedanken machen müsse. Und nun sei das alles plötzlich nah.

Wir sprechen über seinen Partner Klaas (»Er nervt brutal«), den gerade verstorbenen Blacky Fuchsberger (»letzter Grandseigneur im deutschen Fernsehen«), den Show-Titanen Gottschalk (»Er ist im besten Sinne drüber«). Der Spaßmacher Joko Winterscheidt beschreibt sich als Wertkonservativen, die Familie sei ihm der höchste Wert.

Kinderfrage: Ist er manchmal auch einfach traurig? Pause. Dann noch eine Pause. »Ich bin zum Beispiel ohne Mutter aufgewachsen, sie ist gestorben, als ich sechs war. Manchmal frage ich mich, wie das wäre, wenn da jemand sagt: Junge, ich bin stolz auf dich.« Er haut noch einen gut sitzenden Gag raus. Und steigt in ein teuer und dezent aussehendes schwarzes Auto.

18. Oktober 2014

ROCKO SCHAMONI

Elf Uhr vormittags vor der Hamburger Traditionsgaststätte Dreyer: Hier stehen noch die Stühle auf dem Tisch. Kein Problem, hier ein Astra vom Fass, vielleicht einen Doppel-Kümmel zu bestellen, mit dem Frühstücksei wird es schwierig. Er schließt sein Fahrrad fest: Rocko Schamoni, Musiker, Theatermacher, Romancier, der Deutsche, der am ehesten dem hoffnungslos altertümlichen Typus des Crooners nahekommt: Dieser auch nicht mehr ganz junge Mann kommt ja vom Punk-auf-dem-Dorf-Darstellen (sein Romanerfolg *Dorfpunks*), vom Schlager-Singen und Leuten-Telefonstreiche-spielen-und-das-als-Kassette-Verkaufen. Zusammen mit den beiden Charmeuren Heinz Strunk und Jacques Palminger bildet er das Humortrio Studio Braun. Verrückterweise gilt Schamoni, 1966 in einer Kleinstadt bei Kiel geboren, immer noch als Hamburger Underground, dabei laufen seine Theaterstücke längst im Thalia-Theater.

Gerade ist sein wieder schöner, wieder ein bisschen depressiver neuer Roman erschienen *(Fünf Löcher im Himmel)*. Er gibt eine stattliche Erscheinung ab: grauer Dreiteiler. Wir stehen vor der Hafenkneipe, die Herbstsonne scheint. Er erzählt jetzt vom Hamburger Urkomiker Heino Jaeger, der hier in der Straße in geistiger Verwirrung seine letzten Jahre verbracht hat. Flapsige Einstiegsfrage an den Crooner: Ist Schreiben ganz einfach?

Nein, Schreiben ist natürlich nicht einfach. Die Anfänge fallen ihm leicht: »Dann kommt der Stollen, das Licht geht aus, es wird schwarz, und es ist nur noch Tasten angesagt.« Er grinst lustig. Ist es nicht eine Frechheit, dass ein so hochbegabter Musiker und Unterhalter wie er auch noch Romane schreiben muss, um finanziell über die Runden zu kommen? Haha. Das findet er jetzt eine Frechheit, dass man ihn das so direkt fragt. »Die Wahrheit ist: Die musikalische Existenz gibt durch die Veränderung der Märkte nicht genug her. Ich kann nicht davon leben.« Ach, Mann. Ist es ein anstrengendes Leben als Multitalent?

Jetzt muss er richtig lachen. »Superdämliche Frage, aber ich antworte gerne.« Das hat er über die Jahre gelernt: seine Existenz als Kultstar, als Underground-Ikone und was es da sonst noch für scheußliche Begriffe für den deutschen Popstar gibt, nicht ganz ernst zu nehmen. »Ich bin eh angestrengt. Weil ich mich nicht für eine Sache entschieden habe. Ich wollte ja nie nur genialer Blockflötenspieler sein. Ich bin ein ausfransender Mensch.« Sprechpause. Ausfransender Mensch ist gut. Das bewährte Hamburger Crooner-Grinsen: »Mein Talent sind die Fransen.«

Warum ist es in Deutschland, im Gegensatz zu Frankreich und England, praktisch unmöglich, eine coole öffentliche Person zu sein? »Meine subjektive Wahrnehmung ist tatsächlich, dass die Verworfenen hier keine große Rolle spielen.« Mit »Verworfenen« meint Schamoni die verqueren, die eigensinnigen, die nicht leicht zu konsumierenden Künstler. Als König der Verworfenen nennt er übrigens den Entertainer Harald Juhnke.

Wir wechseln in ein Café. Man würde von ihm, diesem in Humor und Sprache so spektakulär takt- und stilsicheren Unterhalter, gerne einen Musiktipp bekommen. Welche kaum bekannte Platte aus den Sechzigerjahren empfiehlt er? Er nennt Ennio Morricones Soundtrack zu *La Moglie Più Bella*. Und nun erklärt der Musiker Schamoni, wie Morricone mit denselben Noten in zehn verschiedenen Arrangements zehn verschiedene Emotionen erzeugt.

Er schließt sein Fahrrad auf. Die letzte Frage muss natürlich seinem sehr schönen, eierschalenfarbenen, am Kragen gut aufgeribbelten Waffelpikee-Hemd gelten. »Kleidung muss leicht zerlottert sein. All das Scheitern und wunderbare Den-Bach-Runtergehen, das muss man sehen.« Sieht gut aus, wie dieser sehr gute Entertainer mit dem Fahrrad in den Hamburger Mittag fährt.

16. November 2014

KOSTAS PAPANASTASIOU

Frühstück um vier Uhr nachmittags in seiner Taverne in Berlin-Charlottenburg. Es ist früh für ihn, normalerweise steht er erst gegen 17 Uhr auf: Kostas Papanastasiou, Schauspieler, bekannt als griechischer Wirt aus der *Lindenstraße,* Sänger, Szenewirt, Alt-68er, großer Gentleman, Player, Verführer. Ein Grieche, der seit sechs Jahrzehnten in Berlin lebt und bis 17 Uhr auspennt – das ist doch schon mal herrlich. Am Telefon hatte Kostas gesagt: »Bis morgen in meinem Lokal. Es sei denn, mich hat irgend so ein junges Mädchen verführt, dann bin ich in Paris.« Ein junges Mädchen! In Paris! Ach, diese unverbesserlichen Griechen!

Man muss hier, bevor das Frühstück losgeht, einfach noch mal ein bisschen Biografie repetieren: 1937 in Thessalien geboren, kommt Kostas Papanastasiou siebzehnjährig zum Bauingenieur-Studium nach Wien, zwei Jahre später nach Berlin. Schauspielausbildung. Er steht für Bernhard Wicki vor der Kamera. 1987 erscheint die Schallplatte *Der Grieche in mir.* Gut zehn Jahre lang gibt Papanastasiou den Wirt Panaiotis Sarikakis für die *Lindenstraße.* Seit 1974, dem Jahr des Sturzes der griechischen Militärdiktatur, führt er die griechische Taverne Terzo Mondo (köstliche Lammvariationen, frische Fisch- und Fleischgerichte, knackige Salate), die bald zum Treffpunkt der politischen Linken wird.

Kein Ei, stattdessen nur Kaffee. Dieser Kostas sieht schon sehr griechisch aus, er hat die Virilität und Aura eines griechischen Gottes (weißer Bart, buschige Augenbrauen). Gibt es außer ihm eigentlich noch einen waschechten Linken in Charlottenburg? Kostas: »Früher gab es eine Szene. Heute gibt es ein paar Einzelkämpfer, die gerne gut essen und ein bisschen Musik machen.« Wir haben mit ihm ja durchaus auch ein paar heikle Fragen zu besprechen, das spannungsvolle deutsch-griechische Verhältnis der Gegenwart zum Beispiel.

In diesem Jahr überwogen doch die guten Nachrichten aus seiner Heimat. Sind die Griechen aus dem Schlimmsten raus? Er ist sich da nicht so sicher. Als Papanastasiou vor zwei Jahren wegen seines sozialen und kulturellen Engagements das Bundesverdienstkreuz verliehen bekommt, überlegt er zunächst, es abzulehnen: »Die antigriechische Stimmung in Deutschland hat mich sehr geärgert.« Die Krise in Griechenland sei doch in erster Linie eine Krise Europas. Ein heißes Eisen: Sind die Deutschen den Griechen noch Reparationszahlungen aus dem Zweiten Weltkrieg schuldig? Empörter Kostas: »Natürlich! Es ist ja nicht ein Cent Entschädigung geflossen.« Kostas' Bruder kämpfte im Zweiten Weltkrieg bei den Partisanen, sein Vater war im Widerstand. Als er von seiner Mutter erzählt, die den deutschen Besatzern Brot backte, einfach weil man hungrigen Menschen etwas zu essen gibt, ja, da kommen dem deutschen Griechen noch heute die Tränen.

Diesem Papanastasiou kann man schwer Fragen stellen, er erzählt jetzt lieber Schwänke aus der griechischen Mythologie, in denen, in seiner Fassung, auch Angela Merkel und der ehemalige griechische Präsident Papandreou vorkommen. Spürt er eine Verwandtschaft mit dem Göttervater Zeus, der mit Rauschebart dasitzt, über die Machenschaften seiner Götterkollegen den Kopf schüttelt und nach der nächsten tollen Frau Ausschau hält?

Natürlich! Er wurde ja nur siebzig Kilometer südlich des Olymps geboren. Als Junge hat er oft draußen, im Garten oder auf dem Feld, geschlafen und den Schnee auf dem Berg leuchten sehen. Würde er sich für die *Lindenstraße* noch mal zu einem Gastauftritt überreden lassen? »Oh ja. Ich würde gerne als Grieche ein paar schöne proeuropäische Zeilen im deutschen Fernsehen sprechen.« Versöhnliche Worte. Die Köchin kommt. Jetzt wird es Zeit, das Lokal aufzuschließen.

14. Dezember 2014

MARCEL DETTMANN

In einem Café in Berlin-Mitte. Zehn Uhr ist für ihn, den Nachtlebenarbeiter, der eine Tochter in die Kita zu bringen hat, keine besondere Zeit. Marcel Dettmann, Resident-DJ im Berliner Club Berghain – er gehört seit Jahren zum Techno-Establishment, veröffentlicht auf dem Berghain-eigenen Label *Ostgut Ton*. Versuch, dem Dettmann-Sound einen Namen zu geben: Minimal heißt jenes hochenergetische, nur auf der Oberfläche monoton klingende Brodeln der Bässe, Hi-Hats und Kick-Drums, das ganz ohne Gesang und Stimm-Schnipsel auskommt und zu dem Menschen fünf, sechs, sieben Stunden am Stück – natürlich, die chemischen Substanzen spielen auch eine Rolle – und noch länger tanzen können. Mit diesem Nachtlebenmenschen muss man auch über seine Ost-Biografie reden, er ist in Plattenbauten im brandenburgischen Fürstenwalde aufgewachsen. Seine imposante Erscheinung: hünenhafte Gestalt, lange, blonde Wikinger-Haare. Im dritten Jahrzehnt nach Erfindung von Techno sind diese DJs ja irgendwie auch wundersam altmodische, aus der Zeit gefallene Menschen: Was denken die?

Rühreier, doppelter Espresso. Im Moment reden ja

alle wieder von deutschem Hip-Hop: Wie geht's Techno? »Techno ist voll da«, erklärt der DJ, vom Model in Paris bis zum Bauarbeiter seien alle dabei. Nach den aufregenden Neunzigerjahren sei das jetzt die klassische Phase. In leserverständlichen Worten: Wie beschreibt er seinen Sound? Er nennt die Begriffe rau, roh, reduziert. Als Musiker sei er darauf aus, sich selbst zu überraschen. Kürzlich entdeckte er in einem kleinen Radio, das einem Schlümpfe-Heft seiner Tochter beilag, ein abstrakt billig schepperndes Störgeräusch: »Das fließt dann in den Track ein.«

2014 war ja auch das Jahr, in dem sich alle noch mal gefreut haben, dass Deutschland auch einen Osten hat. Prollige Frage: Ist es, 25 Jahre nach 1989, einfach geil, ein Ostdeutscher zu sein? Ja, ja. Gelächter. Das findet er jetzt eine gut danebene Frage. Dettmann ist mit einer Frau aus dem Westen zusammen – wenn ihre und seine Eltern zusammen zu Abend essen, prallen immer noch Welten aufeinander. »Beeindruckend ist doch, wie viele Ost-Klischees stimmen. Wir entschuldigen uns dauernd für alles. Wir sind, 25 Jahre nach der Wende, immer noch vorsichtig, wem wir was sagen.« Noch so ein Ost-Klischee: Vom Ostdeutschen Marcel Dettmann geht bei diesem Frühstück – Entschuldigung, das klingt jetzt echt bescheuert – dieser typisch ostdeutsche Sanftmut, eine schöne Wärme und Freundlichkeit aus. Kann er uns armen, natürlich verunsicherten Westdeutschen die Angst vor dem neuen Ministerpräsidenten in Thüringen nehmen?

Gysi mag der DJ, Bodo Ramelow hält er für einen Unechten: »Die aus dem Westen kommen und auf Ossi machen, die sind gefährlich.« Wir versuchen nun gemeinsam, eine Kapitalismuskritik zu formulieren. Da kommt interessanterweise wenig. Im Vergleich zu Russland und China sei Deutschland ein herrlich unverkommenes Land: »Hier will ich leben.«

Jetzt vibriert das Mobiltelefon. Er wird im Studio gebraucht. Mit einem DJ, vor allem denen über 30, muss man über seinen Körper reden. Älterwerden hinter dem DJ-Pult: Stimmt die Geschichte, dass die härteste Substanz, die er beim Plattenauflegen zu sich nimmt, ein lauwarmer Ingwertee mit Honig ist? Nee. Da funktioniere er noch ganz altmodisch. Auf die lange Strecke trinke er Weißweinschorle, zum Aufwachen Wodka-Shots. Der König des Berghains, der auf der ganzen Welt gebucht wird, schwärmt vom Flughafen in Singapur. Wieder dieses schlagend offene, ganz und gar unironische Lächeln. Ein Ossi in Singapur: »Da kann man herrlich einkaufen.«

11. Januar 2015

OTTO SCHILY

Neun Uhr morgens in seinem Stammcafé Einstein Unter den Linden. Man kann ihn hier oft hinten rechts in der Ecke sitzen und in die Zeitung gucken sehen. Seine stattliche Erscheinung, dreiteiliger Nadelstreifen, der Julius-Cäsar-Haarschnitt, das kantige Gesicht, das so wunderbar grantig gucken kann. Dieser Otto Schily, Anfang 80, ist den hochinteressanten Weg vom RAF-Anwalt zum Grünen-Mitbegründer und zum beinharten Sheriff der Nation (Bundesinnenminister von 1998 bis 2005) gegangen. Unvergessen die markigen Sprüche, mit denen er Terroristen nach dem 11. September gedroht hat. Im Western trüge er einen schwarzen Hut. Der Makel seiner Amtszeit, der ihn bedrückt, ist wohl, dass er den Terror der NSU nicht als solchen erkannt und bekämpft hat.

Zwei Eier im Glas, Espresso. Die Frage ist, was jetzt in Deutschland los wäre, wäre er noch Innenminister. Hilfe – seine schmalen, irgendwie weiß aussehenden Augen können wirklich grandios hell blitzen. Wir wollen anders einsteigen: Ist es, nach seiner Einschätzung, in Deutschland gerade gefährlich? Ein paar Sekunden der Abwägung. Sein leicht spöttischer Blick darüber, dass man ihm so eine unkomplexe – er würde wohl sagen: unterkomplexe – Frage stellt: »In Deutschland insgesamt ist es nicht gefährlich. Dabei können wir natürlich nicht ausschließen, dass auch bei uns mal irgendwann jemand zur Waffe greift oder eine Bombe hochgeht.« Schily erklärt sich nun dagegen, dass in Paris das Militär auf den Straßen Stellung bezogen hat: »Das ist eine Machtdemonstration. Aber sie bringt gar nichts. Außer Unruhe.« Hat er in seinem Leben als Politiker Angst kennengelernt? »Keine Angst, aber Albträume.« Und wir bleiben bei den Psychofragen: Als Minister und Mensch, ist es da eigentlich schwer, mit dem Wissen um konkrete Bedrohung zu leben? Wieder der toll spöttische Blick: »Es ist nicht einfach.« Ja. »Sie müssen als Minister immer wissen: Wie gehen Sie mit Informationen um? Sie wollen ja niemanden verängstigen.«

Unruhe im Lokal. Er muss etwa alle drei Minuten einen Gast begrüßen (Reinhard Bütikofer und Tom Königs von den Grünen), er macht das gekonnt beiläufig. Diese Ex-Innenminister sind insofern schwer interviewbar, als sie, auch zehn Jahre nach ihrem Rücktritt, alle interessanten Details für sich behalten müssen. Konkrete politische Frage: Kommt die Vorratsdatenspeicherung? »Sie sollte wiederkommen.« Die Debatte in Deutschland, so Schily, trage zum Teil paranoide Züge: »Da ist viel Betulichkeit am Werk.« Die Speicherung von Kommunikationsdaten sei kein Allheilmittel, wohl aber ein wichtiges Werkzeug, um Anschläge zu verhindern.

Ausflüge in seine Biografie. Ja, sagt er, es war richtig, RAF-Terroristen zu verteidigen. Hatte sein Wechsel von den Grünen zur SPD auch ästhetische Gründe? Ein befreit grinsender Schily: »So war es. Das können Sie von mir aus genauso schreiben.« Heute bezeichnet sich Schily als »liberalen Grünen in der SPD«. Er sei mit vielen Grünen befreundet, natürlich auch mit Joschka.

Herr Minister, können Sie uns zum Abschluss noch etwas Leichtes, Harmloses, Vergnügtes sagen? Er lacht: »Ich bin nicht so der Witzeerzähler.« Schily erzählt vom Dach seines Hauses in der Toskana, das neu gedeckt werden musste. Welches Streichquartett hört er da an einem friedlichen Abend in der Toskana? Den späten Beethoven. Bach, der kein Streichquartett geschrieben hat, bliebe für ihn aber der größte Komponist.

Pflichtfrage an den roten Sheriff: Was ist sein Lieblingswestern? Er schenkt einem die klassische Antwort: *High Noon*. »Wenn Gary Cooper da an seinem Schreibtisch sitzt und verzweifelt das Gesicht in den Händen vergräbt, das ist schon groß.« Er bleibt noch sitzen. Der Frühstücker trifft eine Freundin, die ihn um eine Rechtsberatung gebeten hat.

5. Februar 2015

MICHEL FRIEDMAN

Neun Uhr im gediegenen Café Siesmayer im Frankfurter Westend. Am Abend zuvor hatte im Schauspielhaus Frankfurt ein quälendes Gespräch zwischen Michel Friedman und Martin Walser stattgefunden, bei dem es natürlich auch um Walsers Paulskirchen-Rede von 1998 gegangen war. Friedman, Jahrgang 1956, Anwalt, Fernsehjournalist, Mitglied des Zentralrats der Juden in Deutschland, zeitweise dessen Vizepräsident: Vor zwölf Jahren zerlegte er sein Leben wegen eines Kokainskandals. Seither hat er ein Philosophiestudium absolviert (Promotion über Neurobiologie und das Thema des freien Willens), moderiert heute bei N24 eine Talkshow. Seine langen Augendeckel. Sein wunderbar eleganter Stil (lila Seidenschlips), der für den deutschen Spießer immer noch eine Herausforderung darstellt. Lieber Michel Friedman, war das gestern nicht ein deprimierender Abend? Er schweigt lange. »Ich wollte gestern wirklich den Martin Walser des Jahres 2015 kennenlernen und ich bin tieftraurig, dass das nicht gelungen ist.«

Gekochtes Ei, Marmeladenbrot. Man ist ja bei ihm immer gleich in der Falle, dass das Gespräch über Israel und das Judentum zu gehen hat, man könnte doch genauso gut über gute Kinofilme oder die Liebe reden. Und tatsächlich, ginge es nach ihm, er spräche bei diesem Frühstück lieber über die Finanzkrise und den Krieg in der Ukraine: »Europa ist im furchtbarsten Zustand seit Ende des Kalten Krieges.« Wir stellen eine Kinderfrage: Warum gibt es Antisemitismus? Was soll dieser Wahnsinn? Er korrigiert mit dem genervten Gesichtsausdruck, den er so unvergleichlich schön draufhat: »Ich spreche ja nicht mehr von Antisemitismus, weil dieses Wort verharmlosend ist. Es geht um Judenhass, es geht um Judenvernichtung.« Nach seiner Erfahrung: Kann man einem Schwulenhasser, Ausländerfeind, Antisemiten beibringen, kein Schwulenhasser, Ausländerfeind, Antisemit zu sein? Ach Gott. »Es gibt viele Motive, warum Menschen Menschen hassen. In der Regel hassen diese Menschen sich erst mal selbst.«

Friedman sieht Deutschland, was die Fremdenfeindlichkeit und den Judenhass angeht, derzeit in einer enthemmten Phase. Und ja, das Phänomen der Enthemmung liege in der Mitte der Gesellschaft, es beginne mit der Missverständlichkeit von Walsers Rede, es gehe über Thilo Sarrazins Bücher bis zum Programm der AfD. Das Leben in Europa, sagt Michel Friedman, sei für Juden wieder gefährlich geworden: »Juden in Europa erleben zum ersten Mal seit Jahrzehnten, dass man sie beleidigt, bespuckt, schlägt, ja, tötet, nur, weil sie Juden sind.« Und er zieht einen in seiner Klarheit irgendwie schockierenden Schluss: »Ich frage: Muss man sich die körperliche Gefahr antun, dass man in Berlin oder in Frankfurt geschlagen wird, nur weil man Jude ist?«

Und gleich noch so eine brutal anstrengende Frage: Wie würde er eine Kritik an der Palästinenserpolitik Israels formulieren? Seine überakzentuierte Art des Sprechens: Er setzt einem nun sehr genau auseinander, warum es für ihn einen komischen Beigeschmack habe, nach der Politik Israels, nicht konkreter nach der Politik Netanjahus gefragt zu werden. Der Nahostkonflikt sei, anders als unsere Wahrnehmung das nahelege, nicht terminiert in der palästinensisch-israelischen Frage: »Es ist das Problem der gesamten arabischen Welt.«

Kitschfrage zum Ende: Wenn er ein Lied singen sollte, das all seinen Lebensmut ausdrückt, welches Lied wäre das? »Nein«, sagt Friedman, »meine Lieder, Bücher und Filme sind traurig.« Und das ist dann, wirklich, ein berührender Moment. Um zehn Uhr trifft Martin Walser am Frühstückstisch ein: ein vorsichtiges Lächeln im Gesicht des Dichters. Das Gespräch geht weiter.

5. März 2105

FRANK PLASBERG

Elf Uhr in der Kölner Südstadt in einem dieser ganz in Weiß eingerichteten, nach Yoga aussehenden Cafés. Er kommt, wer sagt's denn, gerade vom Yoga: Frank Plasberg, Moderator der wöchentlichen Talkshow *hart aber fair*, die seit sagenhaften eineinhalb Jahrzehnten läuft. Seine Show hat Gimmicks eingeführt (Zuschauerbefragung, Faktencheck, den Touchscreen zum Start der Einspielfilme), die heute komischerweise allesamt alt wirken. Orangensaft, Rührei mit Kräutern. Sein schmales Hornbrillengestell, das signalisiert, dass einer wie er, natürlich, mit allen reden kann. Mit den Leuten vom Fernsehen ist es ja so, dass sie zu jedem Thema so flüssig einen auferzählen können, dass sich im Zuschauer eine diffuse Widerspruchslust einstellt: Wieso? Das sehe ich anders, das glaube ich Ihnen jetzt einfach mal nicht. Wir fangen mit einer vagen, breiten, unspezifischen Frage an: Warum gibt es politische Talkshows? Was war da noch mal die Idee dahinter?

Er schaut gleich ganz frustriert, dass er nicht so flott und funky antworten kann, wie er sich selber sieht. Lustig. »Der Hauptgrund: weil Menschen das gucken wollen. Ich bin immer ein Freund der Quote gewesen.« Er guckt herausfordernd: »Geben Sie sich mit dieser Antwort etwa schon zufrieden?« Offen gestanden reicht die uns völlig, danke, ja. Wenn *hart aber fair* kein politisches Thema hat, wird es ja komischerweise immer schnell sehr dünn: In einer der letzten Sendungen ging es um Unisex-Toiletten (»Deutschland im Gleichheitswahn«). Er sieht das naturgemäß anders: »Die Sendungen, die aus dem Alltag, aus der Lebenswirklichkeit der Menschen kommen, haben eine große Kraft. Die erste Ausgabe von *hart aber fair* hat sich mit Sterbehilfe beschäftigt.«

Uff. Jetzt ist es komischerweise gleich ein bissl langweilig mit ihm. Woran liegt das? Welche Frage will man von dem Mann, der über jedes Thema senden kann, beantwortet bekommen? Wir rücken dem Typen vom Bildschirm ganz nahe. Warum tippt er die berühmten Einspielfilme auf dem Touchscreen immer mit dem Mittelfinger, nicht mit dem Zeigefinger an? Erstaunen im Gesicht von Frank Plasberg. Das findet er gut, dass der Zuschauer das beobachtet hat: »Ich tippe auch beim Schreiben mit dem Mittelfinger. Das hängt mit einer alten Schulterverletzung zusammen.«

Gemeinsam wollen wir jetzt einen journalistischen Mythos aufklären: Ist die toughe Frage nicht eine Shownummer? Kriegt man mit lieben Fragen nicht viel eher etwas raus? »Da gebe ich Ihnen unumwunden recht«, sagt Frank Plasberg. »Wenn Sie es klug anstellen, dann ist die toughe Frage übrigens die dritte, nicht die erste.«

Über seine Gäste redet Frank Plasberg ja prinzipiell nur gut. Also, warum ist die Simone Thomalla der ideale Talkshowgast? Er setzt ein triumphierendes Gesicht auf: »Jetzt wollten Sie mir mit einer überheblichen Frage kommen. Und sind gescheitert. Zuletzt war nicht Simone Thomalla, sondern ihre Tochter Sophia bei mir zu Gast. Chance verpasst. Ihre Frage beantworte ich nicht.« Der Faktencheck-König Frank Plasberg – da hat er einen erwischt.

Er verrät jetzt sehr gekonnt nichts über sein neues Ferienhaus auf Mallorca. Dann lobt er, immer schön, seine Redaktion. Die demonstrative Selbstgewissheit des Frank Plasberg. Noch eine sinnlose, eine hingeschlampte Frage – man würde sich mit diesem Typen, den seine Souveränität panzert, so gerne noch mal ganz akut nicht verstehen: Hilft Alkohol? »Ach, wissen Sie, so ein Absturz mit Kater und zu kurzem Schlaf kann doch ein schöner System-Neustart sein.« Ach so. »Hilft Alkohol?« wäre natürlich auch ein super Sendungsthema.

5. April 2015

CLAUDIA KLEINERT

Es ist zu kalt für die Jahreszeit: trüber Himmel. Claudia Kleinert vom Wetter – eine Institution im deutschen Fernsehen, seit 1996 moderiert sie die Wettervorhersage in der ARD – hat ins Café am Wiener Platz in München-Haidhausen bestellt. Man hat Lust, mit ihr Großes zu besprechen, Fragen der Philosophie und des Weltgeists – das liegt sicher daran, dass sie in unserer durchrationalisierten Welt den letzten magischen, freilich auf naturwissenschaftlichen Daten beruhenden Beruf der Wettervorhersage betreibt. Vielleicht liegt es aber auch an ihrem Namen: Mit einer Dame, die Claudia Kleinert heißt, möchte man Großes besprechen. Macht sie das Wetter, oder sagt sie es nur an? Kann sie sich überhaupt noch über schönes Wetter freuen? Und, ganz wichtig: Was macht sie, die Wetterfee, an einem verregneten Sonntag?

Sie sieht natürlich toll aus. In den Fünfzigerjahren nannte man diesen Typ Frau Bombshell (groß, blond, tolle Figur). Auf YouTube werden Claudia-Kleinert-Filme, in denen sie irgendein Wochen altes Wetter ansagt, bis zu eine halbe Million Mal angeklickt. Gerüchte besagen, dass keine Frau im deutschen Fernsehen mehr Heiratsanträge erhält. Rührei, Kaffee. Noch mal die schöne Frage: Macht sie das Wetter, oder sagt sie es nur an? Nachsichtiges Lächeln: was sie sich schon alles für dumme Wetter-Fragen gefallen lassen musste. »Ich wäre unermesslich reich, wenn ich das Wetter machen würde.«

Sie zeichnet das Wetter in der Münchner Bavaria auf. Die Preisfrage: Wie viele Tage im Voraus lässt sich das Wetter denn nun zuverlässig vorhersagen? Präzise um vier Tage, bei stabiler Hochdrucklage sogar zwei Wochen im Voraus. Der Schauer, der im Sommer das Gartenfest trifft, ist dagegen oft noch am Tag zuvor nicht genau zu bestimmen. Ihre Hände sehen in echt übrigens nicht so groß aus wie auf dem Fernsehschirm. Beim Über-die-Wetterkarte-Wischen: Was gilt es dabei zu beachten? Welche Handstellung ist ideal? Komplizierte Angelegenheit: Kleine Bewegungen sieht der Zuschauer nicht, zu große Bewegungen wirken, als hätte die Ansagerin keine Ahnung. Die Wettervorhersage ist natürlich immer auch eine Modenschau: Muss sie darauf achten, nicht zu gut, nicht zu verführerisch auszusehen? Ach, nein. Manches Kleid, das schimmert, oder die Hose mit Lederapplikationen, die sie privat gerne trägt, sind halt schlicht nicht sendbar.

Claudia Kleinerts Lieblingsort auf der ARD-Wetterkarte ist übrigens der Ort Wetter an der Ruhr. Das ist schon schön, wie vertraut einem ihre Stimme und ihr Gesicht aus dem Fernsehen sind. Der Reporter lächelt dumm. Wir bolzen nun mit dem großen Tiefsinn – Philosophie-Frage an Claudia Kleinert: Die Leute wissen nicht, ob ihre Liebe hält und ob ihr Arbeitgeber sie entlässt, wollen aber eine verlässliche Vorhersage haben, ob die Sonne morgen scheint. Bannt sie Abend für Abend, wenn sie vor der Wetterkarte steht, nicht weniger als unsere Angst vor dem Tod? Zögern. Wieder ihr schönes, nachsichtiges Lächeln. Claudia Kleinert sieht, dass wir in einer Null-Risiko-Gesellschaft leben: »Weil das Leben letztlich unkontrollierbar ist, wollen wir beim Wetter möglichst eine hundertprozentige Sicherheit haben. Aber letzte Sicherheit gibt es nicht.« Sie erzählt, dass ihre eigene Familie sie immer fragt, wie das Wetter in zwei Wochen auf Borkum wird, bevor sie in den Urlaub fährt: »Es ist hoffnungslos.«

Jetzt hat sie Lust, vor dem Café eine zu rauchen. Plaudereien über dies und das. Diese Frau macht doch eindeutig viel mehr, als nur das Wetter anzusagen. Blick in den trüben Himmel: »Es klart auf.«

3. Mai 2015

KARL DALL

Er hat in das wunderbar altmodische und verstaubte Fünzigerjahre-Café Funk-Eck aus der Steinzeit des Radios an der Hamburger Rothenbaumchaussee bestellt. Im November 2013 musste sich der Urpunk der deutschen Fernsehunterhaltung – selten hat ein Mann im deutschen Fernsehen so böse, beinharte, hässliche, verbotene, sexistische, frauenfeindliche und so krass lustige Witze gerissen – dem Vergewaltigungsvorwurf einer Schweizer Journalistin stellen. Im Dezember letzten Jahres sprach das Bezirksgericht Zürich Karl Dall von allen Vorwürfen frei, aber das ist fast egal: Der Komiker weiß sehr gut, dass sein Ruf für immer ramponiert ist, so ein Vergewaltigungsvorwurf lässt sich, ganz gleich, was die Gerichte entscheiden, nie ganz abschütteln. Demnächst ist Karl Dall, auch schon in seinen mittleren Siebzigern, mit einer neuen Blödelshow in Kneipen und Kleintheatern unterwegs.

Er erscheint mit einem Karohemd von Tchibo, mit Fleecejacke und Schuhen, die wie Filzpantoffeln aussehen: Okay, gekonnt geschmackloser, nachlässiger, cooler geht es nicht. Er bestellt zwei Eier im Glas und quält die Bedienung mit der beharrlich vorgetragenen Frage nach Fondor, einer in den Siebzigerjahren populären Würzmischung. Schmerzhafte Frage: Kommen die Aufträge wieder?

Dall, ausweichend, grinsend, mit Eierlöffel in der Hand: »Ich esse ja nicht mehr so viele weiche Eier. Weil die Unfallgefahr bei einem alten Mann zu groß ist.« Er nennt die Klägerin aus Zürich noch einmal eine vorbestrafte Stalkerin, sie habe es erst bei Udo Jürgens, dann bei ihm versucht. Frage an die Fernsehlegende Karl Dall: Übernimmt er persönlich die Verantwortung dafür, dass das Fernsehen heute so flach ist? Das bejaht er umgehend: »Ich übernehme die volle Verantwortung. Fühle mich aber nicht schuldig.« Nachsatz, Ei schlabbernd: »Ich habe die ganzen Schweinereien erfunden. Das kommt wirklich alles von mir.« Unvergessen, wie Dall zu Exminister Norbert Blüm sagte: »Wir beiden knallen doch immer noch die jungen Weiber ab.« Unvergessen, wie Karl Dall zu Roland Kaiser sagte: »Jetzt sing schon. Dann haben wir's hinter uns.«

Blick in das Gesicht mit dem berühmten hängenden rechten Auge. Da sitzt, kein Zweifel, ein intelligenter, eventuell sogar ein gebildeter Mann. Ist der Proll-Darsteller Karl Dall eigentlich ein Hochkulturbürger, der zu Hause Streichquartette hört und Hölderlin liest? Nö. Er erzählt, wie Günter Grass nach einem Auftritt bei einem Geburtstag von Gerhard Schröder zu ihm trat und ihn dafür lobte, dass er auf Deutsch gesungen habe. Bei bodenständigen Politikern vom Typ Schröder und Steinmeier hatte der alte Sozialdemokrat Dall schon immer einen Schlag: »Natürlich. Die wollen ja auch mal privat sein, diese Leute. Bei mir hören sie einen dreckigen Witz, und dann können sie mal wieder richtig abschreien.« Kopfschütteln. Fazit eines Komikerlebens: »Witze können ja gar nicht unten genug sein.«

Er macht jetzt einen Gag nach dem anderen. Natürlich, nach den albtraumhaften Monaten, die hinter ihm liegen, will so einer spüren, dass er noch lustig sein kann.

Kann er, als gute Geste an alle von seinem Humor traumatisierten Frauen, etwas betont Frauenfreundliches sagen? »Welche Frauen meinen Sie?«, fragt Karl Dall, »Hausfrauen?« Ach, ja. Die unkaputtbare Kraft des Unkorrekten. Wir reden über Alkohol, immer ein schönes Frühstücksthema: »Ich kaufe mir keinen Mist mehr. Ich gebe aber auch nicht gerne ab, nicht?« Bei ihm zu Hause lagerten immer drei Sorten Rotwein: »Für Besuch, für ungebetenen Besuch und für mich selbst.« Noch ein paar richtig untene Witze, über Alkohol, Frauen, Fernsehen. Der Kavalier Karl Dall bringt den Besucher, betont ernst, betont aufmerksam, zum Taxi.

31. Mai 2015

KONSTANTIN VON NOTZ

Neun Uhr im Café Einstein an der Berliner Kurfürstenstraße. Der Grüne Konstantin von Notz – als Obmann im NSA-Untersuchungsausschuss und maßgeblicher Aufklärer im BND-Skandal wälzt er gerade Geheimakten im Bundeskanzleramt – ist in diesen Wochen einer der gefragtesten Politiker: Um sieben Uhr saß er schon im *ARD-Morgenmagazin*. Äußerlich ein wenig der Karl-Theodor zu Guttenberg der Grünen, geht er der Regierung mit seinen Fragestunden im Bundestag und sicherlich auch mit seinen exzellent sitzenden Anzügen und seinem tadellosen, stets ein wenig steif wirkenden Auftreten brutal auf die Nerven. Ein Sieben-Minuten-Ei, bitte. Sein jugendliches, glatt rasiertes, spöttisch lächelndes Gesicht. Ein aktuelles Thema: Kann er ein bisschen etwas von seinem von einem Hackerangriff gestörten Computer im Bundestag erzählen?

Gleich ist klar, dass von diesem von Notz keine Witze und keine Flapsigkeit kommen werden. »Der Computer ist bisher verhaltensunauffällig. Aber wie das so ist mit Trojanern: Man weiß es nie genau. Es handelt sich um einen sehr ernst zu nehmenden Angriff.« Wenn er als guter Oppositionspolitiker der Regierung und der Kanzlerin im NSA-

BND-Skandal ihre Verfehlungen vorhält, hat das immer auch etwas von einem Spielchen? Räuspern. Jetzt sieht man seinem Gesicht an, dass er eine spannende Antwort geben könnte, aber lieber die korrekte wählt: »Es ist so, dass man in Zeiten, in denen die Regierung 83 Prozent der Abgeordneten stellt und die Opposition 17 Prozent, schon Kraft aufwenden muss, um durchzudringen. Spielchen würde ich das nicht nennen.« Unter uns: Ist es nicht sinnlos, die Kanzlerin, der bekanntlich niemand etwas anhaben kann, zu einer Aussage zu zwingen? Lächelnder Grüner: »Ihr Sprecher sagt ja gerne, sie werde dann auch mal vorbeigucken beim Ausschuss. Ich sage: Als Zeugin wird sie kommen müssen, das ist keine Goodwill-Geschichte.«

Hmm. Beim Eiessen ist dieser von Notz ein rundherum nachvollziehbarer und grundsympathischer Mensch. Er lächelt durchgehend. Als wollte er auf eine Metaebene der Fragen anspielen oder als wollte er sagen: Ich antworte gerne. Aber sollen wir uns nicht über interessantere Dinge unterhalten? Quatschfrage zum Auflockern: Kann er sich vorstellen, BND-Chef zu werden? »Das ist ein ehrbarer Posten. Aber ich finde die Rolle, den BND und die Exekutive zu kontrollieren, schon auch gut.«

Die konservative Aura dieses mit Mitte 40 noch als jung geltenden Grünen, der im Untersuchungsausschuss ja zum Beispiel mit dem Alt-68er und Salonlinken Hans-Christian Ströbele zusammenarbeiten muss, ist das Interessanteste. Macht Ströbele Witze über ihn, weil von Notz ein Krawattenmensch ist? Ach. Er habe die Hoffnung, dass diese Äußerlichkeiten heutzutage nicht mehr zählen: »Was für mich die Krawatte ist, ist für Ströbele sein roter Schal.« Ist das für ihn eine ausgemachte Sache, dass die Grünen und die CDU 2017 zusammengehen? »Nein, das ist nicht ausgemacht.« Irgendeine echt asoziale Frage muss jetzt her, wir spielen, was immer geht, auf seine adelige Herkunft an: Hat der Grüne Konstantin von Notz den Jagdschein? Da guckt er ein bisschen genervt, dass man ihn an diesem Klischeepunkt erwischt hat: Als junger Mann habe er tatsächlich die Jagdprüfung absolviert, den Schein müsse man ja immer wieder neu beantragen.

Von Notz muss jetzt zu Hause vorbeigucken, er ist vor zwei Wochen Vater geworden. Schau an: Der konservative Grüne, das ist der Politikertypus, der in Zukunft unser Land regieren wird. Er hat bei diesem Frühstück etwa fünf Prozent seines Esprits und seiner Überzeugungen preisgegeben. Den will man wiedersehen.

5. Juli 2015

SAHRA WAGENKNECHT

Sie hat sich das sympathische Junge-Frauen-Café Zimt & Zucker am Berliner Schiffbauerdamm ausgesucht. Um halb zehn kommt sie an diesem Montagmorgen mit einem chauffierten Audi A8 vorgefahren. Sahra Wagenknecht, zur Wende war sie 20 Jahre alt: Im Herbst wird sie aller Voraussicht nach Gregor Gysi als Fraktionsvorsitzende der Linken und als Oppositionsführerin im Bundestag beerben. Sie ist die letzte Politikerin, mit der man wirklich gerne einmal drei, vier Stunden lang über alles reden würde – über den hegelschen Weltgeist, über Goethe. Ihre Klarheit ist gut: für einen Schuldenschnitt in Griechenland, für eine krass hohe Millionärssteuer in Deutschland. Mit dieser Begeisterung, dem wohligen Schauer, der reflexhaften Ablehnung muss man früher, vor Jahrzehnten, auch Che Guevara und Mao Zedong zugehört haben. Ihr herrlicher Bertha-von-Suttner-Style: So sieht ja eigentlich keine Frau im 21. Jahrhundert aus. Ihre schönen braunen Arme. Eier isst sie gar nicht. Bitte einen grünen Tee. Ganz groß einsteigen: Was verstehen wir Deutschen nicht, wenn wir über Griechenland reden?

»Wir verstehen nicht, dass das bisher keine Rettungspolitik war. Das Geld haben die Banken bekommen, nicht die Menschen.« Es geht noch größer, im Bundestag hat sie neulich die grandios pathetischen Worte gesprochen: »Unbewusst sind die Deutschen wieder dabei, ihre katastrophenbringende Rolle für andere europäische Länder und sich selbst wieder einzunehmen.« Oh Mann, steht es wirklich so schlimm? Es fehle die Sensibilität angesichts der deutschen Geschichte, mit anderen Staaten und Staatsführungen umzugehen. »Wenn Volker Kauder stolz darauf ist, in Europa werde wieder Deutsch gesprochen, dann muss ich sagen: Da graust es mir. Ich will kein Europa, in dem Deutsch gesprochen wird.«

Ein Reflex sagt jetzt, dass man mit ihr gerne von der Politik in den Unsinn abbiegen würde. Ganz platt: Man möchte diese kluge, vergnügte, dabei so kontrolliert wirkende Frau zum Lachen bringen. *Fuck you*, US-Imperialismus? Da kommt ein kleines Lachen: Hehe. Diesen Sponti-Satz hat ihr Ehemann Oskar Lafontaine neulich auf Facebook gepostet. Welche Schimpfwörter sind in ihrem Wortschatz? Sagt die Linken-Politikerin Sahra Wagenknecht »*fuck*« oder ein schlimmes Wort wie »Hurensohn«? Erstauntes Lächeln: »Schimpfwörter, wozu? Im Kopf bezeichne ich Leute vielleicht als Dummbeutel.« Als Dummbeutel!

An den Tisch tritt jetzt ein junger Mann: ein Mitarbeiter. Er müsse die Politikerin, deren Handy ausgeschaltet ist, für circa 15 Sekunden sprechen. Da steht die Linken-Politikerin am Ufer der Spree und gibt Anweisungen. Wir hauen nun ein paar *Bild*-Zeitungs-Fragen raus: Deutschland raus aus der Nato? »Ja, was bringt die Nato? Die Nato bringt aktuell Kriegsgefahr. Die USA zündeln in Richtung Russland.« Wenn der typische *ZEIT*-Leser vielleicht 3500 oder 4000 Euro brutto verdient: Wie viel Steuern sollte der zahlen? »Weniger als heute, wenn das Steuerkonzept der Linken durchkäme.« Steuernsenken mit Sahra Wagenknecht, das ist doch mal eine Nachricht. Ein Galionsfigur der Linken, der Theoretiker Michel Foucault, ist in seinem Spätwerk ein Anhänger des Neoliberalismus geworden. Tut ihr das weh? Sahra Wagenknecht erwähnt als Gegenbeispiel den vor einem Jahr verstorbenen *FAZ*-Herausgeber Frank Schirrmacher: »Der ist vom Konservativen zum Kapitalismuskritiker geworden. Mein Respekt.«

Der Bundestag geht jetzt in die Sommerpause. Wie muss man sich einen perfekten Ferientag von Sahra und Oskar vorstellen? Sie sitzt auf dem Rennrad, er fährt auf dem E-Bike nebenher? Nein. Da gibt's jetzt wirklich nur ein Lächeln, halb spöttisch, halb amüsiert. Sie bedankt sich. Und läuft mit ihrem Mitarbeiter Richtung Bundespresseamt.

2. August 2015

ARNO BRANDLHUBER

Halb elf vormittags in seinen Atelierräumen in seinem in zahlreichen Feuilletons abgefeierten Galeriehaus in der Brunnenstraße 9 in Berlin-Mitte, dem Haus mit der so geil billig und hingerockt aussehenden Plastikfassade. Man könnte dem Hausherrn den Gefallen tun, ihn nach den ausgesucht wirkenden Teppichen, Stühlen und Lampen in seinem Atelier zu fragen, aber das lassen wir mal. Brandlhuber, Mitte 50, er ist – Entschuldigung, das klingt immer bissl furchtbar – so etwas wie der hippste Architekt Berlins. Er steht für das Ultramoderne: Gegenwart, Gegenwart, Gegenwart. Zum Problem des mangelnden bezahlbaren Wohnraums hat der Architekt und Hochschullehrer mal den schönen Vorschlag gemacht, ganz Berlin um eine Etage aufzustocken. Zwei Fünf-Minuten-Eier. Er sieht angenehm altmodisch nach etwa 1981 aus (schwarze Jeans, halblange Rockerhaare, Porsche-Design-Brille). Frage an den bekennenden Stadtspaziergänger: Wo in Berlin hat er zuletzt ein gut kaputtes Viertel entdeckt?

Gerade gestern, am Sonntag: in der Herzbergstraße, zwischen den Plattenbauten in Lichtenberg. Da hat sich die vietnamesische Gemeinde mit Nagelstudios und Karaokestudios ausgebreitet. Als herausragende Gebäude in diesem Viertel nennt Brandlhuber die Türme der VEB-Elektrokohle. Direkt nach der Wende hat hier ein Konzert der *Einstürzenden Neubauten* stattgefunden.

Sein Büro plant gerade mit einem Münchner Investor 800 Flüchtlings-Unterkünfte für Hamburg: »Licht von vier Seiten. Da möchtest du sofort einziehen.« Wo kriegen wir die geschätzt fünf Millionen Flüchtlinge unter, die bis 2018 nach Deutschland kommen? »In Deutschland stehen 1,7 Millionen Wohnungen leer. Entspannt geplant mit drei Mietern pro Wohnung: Passt doch.« Dem Architekten geht es, unter anderem, um kostengünstiges Bauen mit möglichst geringen Mieten für die Nutzer. Ein Credo: »Wir können nicht alle Standards, Lärmschutz, Wärmeschutz, immer weiter nach oben schrauben und dann noch glauben, wir können günstige Mieten realisieren.« Aus welchen Materialien bestehen die Außenwände des Hauses in der Brunnenstraße? Doppelstegplatten, Polykarbonat: »Extrem günstig. Man hat ein Licht wie hinter japanischen Papierwänden.« Er steckt sich eine Zigarette zum Ei an. Lustig, irgendwie macht das gute Laune, wenn ein Architekt erklärt, dass das Neue und Radikale kostengünstig zu haben sind.

Der merkwürdige Singsang des Architekten: Wo spricht man so in Deutschland? In Nordbayern an der Grenze zu Hessen, in Aschaffenburg. Der Fetisch Gegenwart: Wie kriegt man möglichst viel Zeitgenossenschaft in einen Entwurf hinein? Amüsiertes Gesicht hinter den Porsche-Brille-Gläsern: »Ich denke darüber nach, wie wir selber wohnen und arbeiten. Arbeitest du zu Hause? Aha. Ist dir mehr Raum wichtiger als perfekte Dämmung, wichtiger als Stuck? Aha. Das Denken muss von den Bedürfnissen her kommen, nicht von dem, was schon da ist.« Da brennt schon die nächste Zigarette. Dieser Anti-Klassizist und Brutal-Avantgardist ist auch dafür bekannt, dass er nachts gerne in Lokalen herumsteht und einen Drink in der Hand hält, legendär sind seine Partys mit dem sehr gut aussehenden, ebenfalls turbohippen Architekten Sam Chermayeff.

Kann er noch mal ein Hoch auf das Nachtleben sprechen? Und hat das Feiern, Saufen, Unsinnreden einen Einfluss auf seine Arbeit? Strahlender Frühstücker Arno Brandlhuber. An die Arbeit: Ein Stockwerk tiefer warten die Studenten. »Der Unsinn, das Sichverlieren im Tunnel, das tagelange Bezahlen für eine Nacht: alles großartig. Celebration ist gut für den Kopf. Man kann nicht nur funktionieren.«

30. November 2015

MICHAEL MÜLLER

Neun Uhr im Hinterzimmer des Cafés Einstein in Berlin. Ein Treffen zum einjährigen Amtsjubiläum des Berliner Bürgermeisters. Im Windschatten seines berühmten Vorgängers Klaus Wowereit hat es Michael Müller, Jahrgang 1964, gelernter Bürokaufmann, der mit seinem Vater eine Druckerei betrieb, zu einem hübschen Erfolg gebracht: 30 Prozent würden derzeit seine SPD wählen. Man nennt ihn still, ehrlich, diplomatisch, er gilt als die personifizierte Bescheidenheit, gleichzeitig als Langeweile in Person. Böse Stimmen sagen: Kein Charme, keine Visionen, keine Ideen – das ist schon ein ziemlich *rougher* Ruf für einen Politiker. Rühreier mit Speck. Sein, hoppla, enorm freundliches Gesicht, Weitsicht-Brillengläser. Irgendwie hat man Lust, mit ihm Witze zu machen – keine Ahnung, wie das gehen soll. Hammer-Einstiegsfrage: Ist man als potenzieller Langweiler der denkbar modernste Politikertyp?

»Die geht ja schlimm los, hört aber gut auf, die Frage.« Er fasst sich an einen Brillenbügel, schaut ein wenig traurig auf sein Ei. Er glaube tatsächlich, dass im Moment ein anderer Politikertyp gefragt sei als noch vor zehn Jahren: »Der, der morgens zur Arbeit geht, seinen Job macht, die

Sachen klärt, die die Leute wichtig finden. Dafür ist nicht der große Auftritt gefragt.« Entschuldigung, die Frage ist ein bisschen naheliegend, muss aber kommen: Unter seinem Vorgänger Wowi war Berlin »arm, aber sexy«. Wie ist Berlin heute, bisschen wohlhabender, bisschen langweiliger? »Ich kann Ihnen nicht den Spruch, aber einen Anspruch nennen: eine selbstbewusste Hauptstadt, die auch eine Stadt der Arbeit ist und Perspektiven schafft, in Kultur, Wissenschaft, Wirtschaft. Wir sind auf dem richtigen Weg.«

Kurze Ratlosigkeit, was man mit diesem so enorm routiniert und professionell wirkenden Mann weiter besprechen soll, wir können ihn ja schlecht nach Kartenspielertricks fragen. Was sind eigentlich gerade die großen Berlin-Themen, sind es das Humboldt-Forum, die Homo-Ehe, der Wohnungsbau, die Stadtautobahn 100, die Flüchtlinge, die Sicherheitslage? Nein, natürlich die Flüchtlinge.

In der Flüchtlingsfrage, so die öffentliche Wahrnehmung, versagt der Berliner Senat komplett. Wie lautet sein Widerspruch? »Vieles gelingt, wir haben 65 000 Menschen geholfen. Manches ist noch nicht gelungen. Das ist eine Bestandsaufnahme, die es in Hamburg und München genauso gibt wie hier.« In der Flüchtlings- und Wohnpolitik gehe es im Kern um den Punkt »Nutzungskonflikt auf freien Flächen«. Die Berliner liebten ihre Freiräume, gleichzeitig werde jede freie Fläche gebraucht für Wohnungs-, Schul- und Straßenbau.

Es geht jetzt um die merkwürdig indifferente Haltung der Bundes-SPD in der Flüchtlingsfrage und ihren Vorsitzenden Sigmar Gabriel, aus dem auch Müller offenbar nicht richtig schlau wird. An einer Stelle, die nicht zitiert werden kann, kriegt der Regierende Bürgermeister einen Lachanfall. Ja, lachen ist schön.

Kann er so etwas wie einen Arbeiterstolz formulieren? »Ach, Arbeiterstolz. Ich sage: Man kann auch ohne Abitur und als Handwerker ein gutes und erfolgreiches Leben führen. Das ist meine Überzeugung.« Können wir dem *ZEIT*-Leser melden, dass er irgendeine *funky* Sache kann, reiten, Tango tanzen, Italienisch sprechen? »Dass ich wie Gutenberg am Bleikasten setzen kann, wird Sie nicht beeindrucken.« Moment, natürlich beeindruckt uns das! Eine ultimativ lustige Frage, die Lachnummer zum Abschied: Wann macht der vollidiotischste, der dümmste Flughafen der Welt endlich auf? Hahaha, ist das lustig. Sein tapferes Politikergesicht: »So wie es heute steht: Winterflugplan 2017.« Diese Festlegung ist natürlich eine Agenturmeldung wert.

25. Dezember 2016

PETER MAFFAY

Elf Uhr morgens in einem Hotel im Städtchen Merseburg in Sachsen-Anhalt. Wir sitzen an einem absurden Beistelltischchen im Treppenhaus (im Restaurant wird gestaubsaugt). Hier gibt es keine Eier, aber ein Kaffeechen. Warum treffen wir uns in dieser Kleinstadt? Einige Tage nach dem Interview wird eine Zeitungsnotiz melden, er habe seine vierte Ehefrau verlassen, seine neue Liebe lebe in Halle an der Saale. Maffay, im Bundesrepublikgründungsjahr 1949 geboren, er ist ja längst drüber, jenseits aller Kritik – also einer von zwei, drei wirklich großen Popstars in Deutschland (sechzehn Nummer-eins-Alben), von denen der elitäre Berlin-Mitte-Bewohner kaum Notiz nimmt. Man hat diesen Reflex, Rockstars, die Gutes tun, ein bisschen doof zu finden – dabei sollte man vor den guten Taten des Charity-Königs Peter Maffay (seine Stiftung unterstützt traumatisierte Kinder) vielleicht einfach Achtung haben.

Seine schwarze Maffay-Lederjacke trägt die Aufschrift »Zombies Elite Nürnberg«. Die merkwürdige hart akzentuierte Maffay-Sprechweise. Anstrengenderweise gehört er zu jenen Stars, die sich von der Presse oft falsch wiedergegeben und unfair behandelt fühlen, und das zu Recht (gerade zuletzt gab es Missverständnisse, da er sich sorgenvoll hinsichtlich der Flüchtlingszahlen in Deutschland geäußert hatte, verkürzt zitiert wurde und so Pegida und AfD Argumente lieferte, mit denen ein alter Gegen-rechts-Kämpfer wie Maffay natürlich nicht in Verbindung gebracht werden möchte). Mit einem Satz: Wie nimmt er den Deutschen die Angst vor den Flüchtlingen?

Sein irritierter, nein, sein jetzt schon gut genervter Gesichtsausdruck. Er verschränkt die Lederjacken-Arme: »Wenn ich mich dazu versteigen würde, der merkwürdigen Aufforderung Ihrer Frage zu folgen: Die Mehrheit der Deutschen hat keine Angst.« Ist das so? »Nur eine Minderheit ist nicht imstande, die Chancen und die Belastungen, die der Flüchtlingszuzug mit sich bringt, zu begreifen. Sie müssen wir aufklären.« Und wir machen gleich weiter mit der denkbar heikelsten Frage: Kann er verstehen, wenn Leute über Rockstars wie ihn und Bono, die Gutes tun, ein bisschen lächeln? Er atmet tief ein und wieder aus: »Das ist ein Zeichen von absoluter Dummheit. Wir sind jetzt im 15. Jahr der Stiftung: Wer es amüsant oder lächerlich findet, anderen Menschen zu helfen, dem kann ich nicht helfen.«

Bisschen dicke Luft, natürlich. Ein leichtes Thema wäre jetzt hilfreich. Musikfrage: Ist das langweilig, wenn man sicher weiß, dass jedes Peter-Maffay-Album praktisch automatisch an die Spitze der Charts steigt? Huhu, die Frage findet er wieder nur mittellustig: »Erstens: langweilig auf gar keinen Fall. Zweitens: Es gibt keine Garantie für diese Positionierung. Sie können ein wunderbares Album haben und schaffen die Eins nicht, weil es rechts und links Alben gibt, die dieselbe Qualität aufweisen.« Wir lenken ab, versuchen, ein wenig Poesie ins Gespräch zu bringen. Sein zwölfjähriger Sohn soll nach dem Gitarrespielen gesagt haben: »Papa, die Finger tun weh.« Was hat der Vater seinem Sohn geantwortet? Er bringt wieder, Maffay-artig, die denkbar lakonische, die trockene Antwort: »Üben.«

Noch zwei Kaffeechen. Wir sprechen (über die Lust, im Alter knallharte Musik zu spielen). Und sprechen (über sein wunderschönes Haus am Starnberger See). Was ist ehrliche Musik? »Das ist Schwachsinn.« Das berühmte Maffay-Lächeln, das mit den winzigen Äuglein. Und so langsam löst sich das Misstrauen des Rockstars auf. Der Mann mit der Motorradjacke: ein ernster, sperriger Mann und, ja klar, ein guter Typ. Wann hat er zuletzt etwas Wildes, Düsteres, Verbotenes getan? »Ich brauche nichts Aufregendes zu tun, weil mein Leben an sich schon aufregend genug ist.« Schau an. Das glauben wir ihm.

24. Januar 2016

WOLFGANG BOSBACH

Acht Uhr morgens im Café Einstein Unter den Linden. Er muss beim Eintreten gleich die Hände mehrerer frühstückender Bürger schütteln: Wolfgang Bosbach, Mitte 60, CDU-Bundestagsabgeordneter aus Bergisch Gladbach, Jurist und ehemaliger Supermarktleiter, der Talkshow-König (in diesem Jahr war er das dritte Jahr in Folge der häufigste Gast in Talkshows). Er bestellt Ei Benedikt (Toast, Ei, Béchamelsoße) und »eine Tasse ganz normalen Kaffee – auch da bin ich konservativ«. Er gilt als, hoppla, schärfster Merkel-Kritiker. Es wird nicht einfach sein, mit ihm ein lockeres und leichtes Gespräch zu führen, da seine Themen – Zuwanderung und innere Sicherheit – derzeit mit so erbittertem Ernst und einer irren Aufregung debattiert werden. Kinderfrage zum Einstieg, er ist ja gut mit Kinderfragen: Müssen wir jetzt den Rest des Jahres eigentlich immer nur über Flüchtlinge, Flüchtlinge, Flüchtlinge reden?

»Wenn die Europäische Union sich nicht aufraffen kann, das umzusetzen, was schon beschlossen wurde – sichere EU-Außengrenzen, gemeinsame Bekämpfung der Fluchtursachen, Einrichtung der Hotspots und eine gerechte Verteilung der Flüchtlinge in allen 28 Staaten –, dann nicht nur

2016, sondern die nächsten Jahre.« Frauke Petry besteht ja darauf, dass es möglich sein muss, auf Flüchtlinge an der deutschen Grenze zu schießen: Kann er der durchgedrehten AfD-Vorsitzenden mal erklären, wie man eine deutsche Grenze schützt? Er setzt sein ernstes Politikergesicht auf: »Die Äußerungen von Frau Petry sind völlig unbegreiflich und abwegig. Mauern, Stacheldraht und Schießbefehl hat es in der Bundesrepublik nie gegeben und wird es auch nie geben. Wir sollten unsere Landesgrenzen aber wieder so schützen, wie wir dies in den vergangenen Jahrzehnten auf der Basis des geltenden Rechtes getan haben.«

Er schaut auf sein Handy. Nanu, langweilen soll er sich hier aber nicht. Frage an einen der Unterzeichner des windelweichen Briefs an die Bundeskanzlerin: Weiß er denn nicht, dass es ganz sinnlos ist, gegen die ewige Kanzlerin Angela Merkel zu sein? »Ich bin seit 44 Jahren politisch aktiv, seit 21 Jahren im Deutschen Bundestag: Offensichtlich ist es in den Köpfen vieler Menschen nicht zu montieren, dass man große Sympathien für die Person und hohen Respekt vor der politischen Leistung haben kann und trotzdem in der einen oder anderen Sachfrage eine unterschiedliche Auffassung.«

Noch mal einen Blick auf ihn von der Seite: Er hat ja – komisch – schon etwas Teddybär-Artiges, etwas Putziges. Seine braunen Kulleraugen, sein so ernster, spitzer, kleiner Mund. O ja, die Gepanzertheit seines rheinischen Frohsinns ist manchmal schwer zu ertragen. Und o ja, wenn er beim Vertreten von Volkes Stimme zu selbstgewiss auftritt, tut es auch weh.

Er soll nun noch einmal die schöne Geschichte erzählen, wie er als Supermarktfilialleiter einen mit einem Messer bewaffneten Dieb mit einem Tiefkühlhähnchen in die Flucht schlug. Der Dieb, so erklärt Bosbach jetzt, hatte einen Migrationshintergrund.

Ist er manchmal eifersüchtig, weil einige AfD-Politiker ihn in der Disziplin Nah-am-Volk-Sein überholt haben? »Ich habe mit der AfD genauso wenig zu tun wie mit der Linkspartei. Mit denen möchte ich auch nicht in einen politischen oder rhetorischen Überbietungswettbewerb treten.«

Und jetzt Achtung, lustiges Thema: Welchen Tipp hat er für die deutschen Frauen am Rosenmontag? Gelächter, Freude beim Abgeordneten: »Wo es unbedingt notwendig ist, um einer Attacke zu entgehen – eine Armlänge Abstand halten. Ansonsten: einhaken und mitschunkeln.« Er zeigt auf sein Handy: Termine. Beim Mantelanziehen soll er noch erklären, ob Talkshows schlecht für die Seele sind. Händeschütteln mit den Gästen im Einstein.

21. Februar 2016

NIKOLAUS BLOME

Im roten Frühstücksraum des Savoy Hotels, Westberlin. Halb neun morgens. Nikolaus Blome, 1963 in Bonn geboren, stellvertretender Chefredakteur und Politikchef der *Bild*-Zeitung (von 2013 bis 2015 hatte er ein Intermezzo beim *Spiegel*): Er gilt als der Gute und Kultivierte in der bösen, beinharten Welt des Boulevards. Interessant ist doch, dass sich eine Boulevardzeitung, die naturgemäß von Emotionen, Zuspitzung und Krawall lebt, so eine abwägende, seriöse, vernunftbegabte Stimme leistet. In der Talkshow *Augstein und Blome* gibt er den konservativ-liberalen Counterpart, sein Journalistenkollege Jakob Augstein ist der Linke (ein bissl peinlich an der wirklich toll lebendigen Fernsehshow ist, dass beide, Augstein und Blome, so unfassbar *clean* und gut aussehen).

Spiegeleier mit Speck. Seine ausgesprochen eloquente und ausgeschlafene Erscheinung. Blome trägt *preppy-style* (rosa Hemd, dunkelgrünes Jackett), den Stil der höheren Söhne in den Elite-Unis und Sportclubs an der amerikanischen Ostküste in den Sechzigerjahren. Vom Politikchef der *Bild*-Zeitung will man den ganz großen Befund hören: In Deutschland herrscht, trotz niedriger Arbeitslosigkeit, eine fast panische, endzeitige 1920er-Jahre-Stimmung. Spinnen wir alle, oder sind das wirklich so krisenhafte Zeiten?

Man kann ihm vorher sagen, wie lange er antworten soll. Jetzt bitte eine 20-Sekunden-Antwort, gerne. Das seien krisenhafte Zeiten, da die Europäische Union nicht mehr funktioniere. Europa lasse sich derzeit nicht von Deutschland führen. Aber: »Ich sehe nicht, dass die Mitte der Gesellschaft von Hysterie infiziert ist. Die Mitte erweist sich als ähnlich stabil, wie sie 2008/2009 durch die Wirtschafts- und Finanzkrise gekommen ist. An den Rändern der Gesellschaft, ja, da wird es wild.« Sprung zum 13. März: Wird sich das Land verändern, wenn am Wahlabend in Baden-Württemberg der Balken der AfD über den der SPD steigt? »Dann wird sich die SPD verändern.« Nachsatz: »Zwölf Prozent AfD sind nichts, was ich mir wünsche, aber auch kein Weltuntergang. Dafür ist unsere Demokratie stark genug, dass sie ab und zu selbst eine widerliche Partei neu reinlässt und auch wieder ausscheidet.«

Und gleich noch mal von der hohen Politik ablenken, noch eine Style-Beobachtung: Er trägt einen goldenen Bandring mit Smaragd und zwei Brillanten. Die Manschetten seines Hemdes sind an den Rändern leicht aufgeribbelt – das ist der Trick von Woody Allen, dem berühmtesten Aufgeribbelte-Manschetten-Träger, eine Abgrenzung des Bürgertums und alten Gelds gegen die Neureichen (wir wissen, was sich gehört, nehmen es damit aber nicht so genau).

Frage an den vornehmen Frühstücker: Was sagt er zu

dem ungeheuerlichen Gerücht, dass er aus gutem Hause kommt? »Das stimmt. Ich hatte ein gutes Zuhause.«

Empört es ihn, dass es mit der AfD eine Kraft gibt, die böser, härter, skrupelloser, populistischer ist, als es die *Bild*-Zeitung je war? Gelächter. Dann das adäquat ernste Gesicht: »Ich glaube nicht, dass die *Bild*-Zeitung jemals wirklich skrupellos war und böse.« Blome vergleicht seine Zeitung mit dem Fernsehen: »Wir haben Ernstes und Gehaltvolles, aber auch Leichtes und Unterhaltsames im Programm.« Kann man für die Ausländerfeinde von Clausnitz und Bautzen eine Zeitung machen? Gegenfrage: »Können die lesen? Ich glaube nicht.«

Er soll jetzt noch seinen klassischen Helden des Boulevards nennen: Baby Schimmerlos? Michael Graeter? Erich Kästner? Er spricht lieber, geschenkt, vom *Bild*-Kolumnisten Franz Josef Wagner. Es geht dann noch um die Frage, ob Karl-Theodor zu Guttenberg in die Politik zurückkehren sollte. Um neun Uhr wird es Zeit, die Tageszeitung zu machen.

20. März 2016

RONJA VON RÖNNE

Später Vormittag im Café Liebling am Berliner Helmholtzplatz: Mütter und Studenten mit Bart und Laptop. Mehr Prenzlauer Berg geht nicht. Die Rezensionen zu ihrem ersten Roman *Wir kommen* sind erschienen, es waren alle ganz erschrocken darüber, wie gut und flüssig sie schreiben kann, dabei war das schon bei ihren *Welt*-Kolumnen, spätestens bei ihrem Auftritt in Klagenfurt klar. Tee, Orangensaft, Sandwich. Der viel beschriebene Schmollmund, die niedlichen, großen Schneidezähne. Ihren Rezensenten stellt der »Superhase des Literaturbetriebs« *(konkret)* allein wegen ihres Aussehens und ihres noch frischen Alters (Jahrgang 1992) eine interessante Falle auf: Kritiker, die sie als bezaubernd beschreiben, wirken alt und ein bisschen dämlich, diejenigen, die sie als oberflächlich und unreif, als typisches Produkt der Prenzlauer-Berg-Schickeria, attackieren, kommen genauso müde, alt und beleidigt rüber.

Ein Hauch von Neugier, Offenheit, Nichtgelangweiltheit erscheint in ihrem Gesicht, das muss ausgenutzt werden: Was bedeutet ihr schöner Satz »Ich kann gar keinen Roman schreiben«? Das sei wahrscheinlich ein koketter Satz gewesen. Von Rönne bringt den Von-Rönne-Klassiker, dass der Begriff Roman für sie viel zu groß klinge: »Als habe man eine Geschichte zu erzählen.« Es gehe ihr aber lediglich darum, ein paar hübsche Sätze aneinanderzureihen. Sie ist ja noch so jung, dass sich in ihren Kolumnen und ihrem Roman viele sehr große Sätze über »das Leben« finden. Wie ist das Leben im Moment? Wieder einer dieser so hübschen, merkwürdig leeren Sätze, die in ihren Kolumnen stehen: »Es behandelt mich gut, aber ich merke es nicht immer.«

Es fühlt sich vollkommen falsch an, etwa den Begriff des *It-Girls* mit ihr zu diskutieren. Also weiter Literaturfragen: Hat sie nicht manchmal Lust, ruhigere, weniger pointierte, nicht so lustig klingelnde Sätze zu schreiben? Sie habe das unironische und reflexive Erzählen mit der Figur der Maja in ihrem Roman versucht. Aber ihr Stil seien eben die Pointen, die Highlights, das Streufeuer: »Ich habe immer so eine Panik, dass die Leute einen Text nicht zu Ende lesen.« Sie selber habe schon lange kein Buch mehr zu Ende gelesen: »Meine Aufmerksamkeitsspannen sind sehr kurz.«

Sie zeigt ihren Siegelring mit dem Von-Rönne-Wappen. Komm, liebe Ronja von Rönne, jetzt attackieren wir gemeinsam die todbringende, die alles erdrückende Prenzlauer-Berg-Müdigkeit: Warum zieht jemand wie sie nicht an einen weniger naheliegenden Ort als Berlin, nach Essen, nach Saarbrücken, nach Marseille, von wo es tolle Geschichten zu erzählen gäbe? Sie erzählt von ihrer Kindheit in der bayerischen Provinz und den zwei Jahren, in denen sie in Hildesheim literarisches Schreiben studiert hat: »Nach Hildesheim disqualifizieren sich alle kleinen

Städte.« Also gut: Zum großen Berlin-Ennuie gibt es als junger, intelligenter Mensch keine Alternative.

Nach-Frühstücks-Zigarettchen. Es ist wirklich extrem einfach und angenehm, mit ihr zu plaudern. Und, schon ein Phänomen: Nach zwanzig Minuten Gespräch mit der Schriftstellerin Ronja von Rönne ist alles hübsch, alles ganz amüsant, alles gleich wichtig, alles interessant, alles egal. Depression.

Würde sie sich selber als Konservative bezeichnen? Eine zweisekündige Überraschung in ihrem Gesicht: »Parteienpolitisch sicher nicht. Von der Persönlichkeitsstruktur vielleicht schon.« Also: Sie wolle schon bald Kinder haben. Seit eineinhalb Jahren ist sie mit dem Berliner Schriftsteller und Bachmann-Preisträger Tilman Rammstedt zusammen. Ist sie wenigstens wie wahnsinnig verliebt? »O ja, ich bin wahnsinnig verliebt.« Sie fährt jetzt zu Radio Eins, ihre Lieblingslieder vorspielen, bisschen quatschen.

17. April 2016

ANJA RESCHKE

Elf Uhr vormittags im Café Paris am Hamburger Rathausmarkt. Es ist noch kein Jahr her, dass sie aus der üblichen Bekanntheit einer *Panorama*-Moderatorin heraustrat und eine Figur des öffentlichen Lebens wurde: In den *Tagesthemen* sprach sie, in etwas Kanariengelbes gekleidet, einen beinahe wütenden Kommentar gegen Ausländer-Hetze (»Dagegenhalten, Mund aufmachen«), im Netz erhielt ihr Auftritt 3,9 Millionen Klicks innerhalb eines Tages. Wenn man ein bisschen gemein wäre, was ja immer Spaß macht, könnte man sagen: Ihr Ding ist es, dass sie – in empörtem Tonfall – das ausspricht, was 90 Prozent der Deutschen über ein Thema denken, und dann, Überraschung, Applaus von 90 Prozent der Bevölkerung erhält. O ja, die Silvesternacht von Köln muss Anja Reschke, die personifizierte Political Correctness im öffentlich-rechtlichen Fernsehen, auch als ihr Waterloo erlebt haben.

Sie sieht schon toll aus, also exakt so, wie man sich eine dieser Hamburger Medien-Blondinen vorstellt, die auf den Gängen des Gruner & Jahr-Verlags und des NDR herumstehen, dabei ist Anja Reschke in München geboren und aufgewachsen. Eier im Glas, Toastbrot. Sie hat sich, aus irgendeinem Grund, auf ein witziges Interview eingestellt, diese Erwartung werden wir durch betont ernsthafte Fragen zu ihrem journalistischen Ethos unterwandern. Im Netz kursiert der Begriff des Reschke-Fernsehens: Was muss man sich darunter vorstellen?

Betretenes Gesicht bei der Moderatorin. Das Reschke-Fernsehen sei ein Schmähbegriff des AfD-Politikers Alexander Gauland, er wolle damit das Fernsehen diskreditieren, das sich für Merkel und eine liberale Flüchtlingspolitik einsetzt. Laut einer Umfrage haben 38 Prozent der Menschen in Deutschland das Gefühl, dass Fernsehjournalisten ihr Publikum überzeugen wollen, den Zustrom an Flüchtlingen positiv zu sehen. Spinnen diese 38 Prozent? Erklärung Anja Reschke: »Ich habe ja nie gesagt: Alle Flüchtlinge sind liebe, gute Menschen.« Sie zögert noch mal: »Aber ja, ich sage auch: Ich habe versucht, den Menschen in Deutschland die Angst vor den Flüchtlingen zu nehmen. Es hat nicht funktioniert.«

Wegen ihres *Tagesthemen*-Kommentars ist sie zur Zielscheibe von Hasskommentaren der neuen Rechten geworden. Ihrer Meinung nach, wer ist der lupenreinste Nationalsozialist bei der neuen In-Partei AfD? Korrekte Antwort: »Nazi-Vergleiche verbieten sich.« Den thüringischen AfD-Vorsitzenden Björn Höcke bezeichnet sie als Hysteriker: »Man hat immer das Gefühl, er fängt gleich an zu weinen, wenn er über Deutschland spricht.«

Jetzt reden wir, sehr ernsthaft, über eine Preisfrage, die den deutschen Journalismus beschäftigt: Wie sollte eine kluge, nicht klischeehafte Berichterstattung über die AfD aussehen? Uns beiden, der Moderatorin und dem Interviewer, fällt dazu leider nicht viel ein. Ist sie als blonde, 1,74 Meter große Deutsche je von Ausländern belästigt worden? Hm. Am Strand im Tunesienurlaub sei es schon mal unangenehm geworden. Hier in Deutschland habe sich ihr kein Vorfall eingeprägt.

Jetzt hat man Lust, ihr eine ein bisschen peinliche Frage zu stellen: Darf man als seriöse Fernsehjournalistin überhaupt so gut aussehen wie sie? Hahaha. Ja. Findet sie so mittellustig. Welches intime Detail aus ihrem Privatleben können wir der Klatschpresse verraten? Okay, beim Einräumen der Spülmaschine gebe es mit ihrem Ehemann, mit dem sie seit zehn Jahren verheiratet sei, immer wieder mal Ärger. Draußen, bei der Nach-Frühstücks-Zigarette, möchte sie, durchaus sympathisch unsicher, noch einmal wissen, wie sie zu ihrem Ruf als Gutmensch-Journalistin gekommen sei.

15. Mai 2016

KATARINA BARLEY

Halb neun morgens in dem angenehm bieder und ein wenig betulich wirkenden Café Neumond in der Berliner Borsigstraße. Es ist die Woche, in der sich wieder mal alle große Sorgen um die SPD machen, weil die Partei in Umfragen unter 20 Prozent gefallen ist. Katarina Barley, 1968 in Köln geboren, eine Neueinsteigerin in der Politik, erst seit zwei Jahren gehört sie dem Bundestag an: Man muss die vor fünf Monaten gewählte SPD-Generalsekretärin noch als solche vorstellen, was in ihrem Job nicht so günstig ist.

Eine Generalsekretärin muss für ihre Partei ja eigentlich Wind und Radau machen und durch kämpferische und mitreißende Reden auffallen – das ist ihr bisher nicht gelungen. Sie kommt da mit ihrem Rollkoffer an. Sie sieht, Entschuldigung, gar nicht wie eine SPD-Politikerin aus, irgendwie eleganter, internationaler, besser gekleidet (sie könnte auch als Ärztin arbeiten oder als Managerin in einem Luxushotel). Rühreier und Kaffee vom Büfett. Barley-Fans, von denen es in der SPD viele gibt, sagen, man könne gar nicht anders, als diese Frau sympathisch zu finden, sie habe diesen für die Politik ganz untypischen unverstellten und natürlichen Charme. Da schöpft man als schlecht gelaunter Journalist gleich Verdacht. Strenge Frage in dieses wirklich angenehm offene Gesicht hinein: Ist es in der Öffentlichkeit nicht viel zu still um sie?

Ach. Nein. Sie könne mit dem altmodischen Typ des poltrigen und wadenbeißerischen Parteioffiziers wenig anfangen. In der SPD sei derzeit vor allem die Arbeit nach innen gefragt: »Dafür bin ich gut geeignet.« In Ordnung, wenn sie nicht will, dann sagen wir die Krawallsätze: Schließt sie aus, dass die AfD bei der Bundestagswahl im nächsten Jahr an der SPD vorbeizieht? Sie schaut jetzt wirklich erschrocken: »Darüber spekuliere ich nicht. Aber ich finde den momentanen Zulauf zur AfD schon entsetzlich, das ist wirklich schlimm für das Land.« Ernster Nachsatz, mit der Rührei-Gabel in der Hand: »Die AfD lebt von Angst und Misstrauen, sie lebt vom Spalten.«

Wir bleiben bei ihrer erschöpften Partei, man hat da ja noch mindestens hundert Fragen. Die SPD soll, so heißt es immer in der Parteispitze, wieder emotionaler werden. Was wäre so eine typische Barley-Emotion? Sie bezeichnet sich als ausgesprochen empathischen Menschen, und das sei auch die Grundphilosophie der SPD: »Was brauchen die Menschen wirklich? Was müssen wir tun, damit die Menschen weiter ein gutes Leben führen können?« Oh ja, wie geht ein gutes Leben?

Jetzt wollen wir mal nicht hämisch sein und ihr etwas entgegenkommen: Ist das gemein, dass alle von der SPD immer mehr als funktionierende Politik, nämlich eine große Idee, die »Idee des vernünftigen Ganzen« (Heinz Bude), erwarten? Sie macht nun den alten Barley-Trick, dass sie – mit schwärmerisch naivem Gestus – betont, wie toll es sei, Mitglied in dieser »tollen, alten Partei« zu sein: »Die Wähler erwarten von der Sozialdemokratie mehr als von anderen Parteien, und richtig, wir nehmen das als Kompliment.«

Kurz Lust, etwas Albernes zu fragen: Was hält sie von der Idee, in Mecklenburg-Vorpommern, wo es kaum noch ein öffentliches Leben gibt, Bierlokale zu eröffnen, die Vorwärts heißen und wo SPD-Wimpel auf den Tischen stehen? Sie findet das keine so schlechte Idee.

Letzte, zentrale Frage zur SPD: Was soll das Kasperletheater, dass die Partei nicht endlich den EU-Parlamentspräsidenten Martin Schulz als Kanzlerkandidaten nominiert? Moment, man muss schon sagen, dass sie diesen furchtbarsten Job, den es derzeit in der deutschen Politik gibt, mit einer klugen Umsicht und Lässigkeit ausfüllt. Stoische Antwort: »Martin Schulz ist super. Aber wer der richtige Kanzlerkandidat ist, das entscheiden wir im Mai 2017.«

12. Juni 2016

UDO WALZ

Zehn Uhr im Restaurant Reinhard's im Hotel Kempinski auf dem Kurfürstendamm. Über einem großen Goldspiegel hängt der Schreibschrift-Leuchtzug »Westberlin«. In wenigen Wochen eröffnet Udo Walz, über 70 Jahre alt, Deutschlands berühmtester Friseur, hier auf dem Kurfürstendamm seinen neuen Flagship-Store. Dass auch ein Friseur ein Prominenter sein kann, ist ja eine Idee, die mindestens dreißig Jahre alt ist (Achtzigerjahre). Sprach man im Berlin der Nachwendezeit von der Berliner Gesellschaft (die es noch nicht gab), fielen stets der Name Udo Walz und der seiner guten Freundin Sabine Christiansen. Er muss noch irgendwas anderes können als seine berühmten Hochsteckfrisuren – natürlich, er gilt als charmanter und geistvoller Unterhalter. Zwei Kellnerinnen geleiten den Star-Coiffeur (schwarzes Leinenhemd, buntes Seidentuch) an den Tisch. Er erkundigt sich: »Wird das ein böser Artikel?« Im Gegenteil, wir wollen halt ein bisschen Klatsch über seine prominente Kundschaft hören.

Intime Frage zum Einstieg: Checkt Angela Merkel, während er ihr die Haare schneidet, zwischendrin ihre SMS? Moment, er sei auch deshalb ein so erfolgreicher Friseur, weil er Stillschweigen über bestimmte Kunden bewahre: »So viel zu Frau Merkel: Ich kenne keine Frau, die so schnell SMS tippt wie sie.«

Du lieber Himmel, in diesem Friseurleben hat er ja wirklich allen die Haare geschnitten, es geht von Romy Schneider, Maria Callas, Sophia Loren über Claudia Schiffer, Johannes Rau, Gerhard Schröder, Friede Springer bis zu Demi Moore und Gwyneth Paltrow. Geschichten, bitte! Er erzählt von seiner ersten Kundin Marlene Dietrich. Dann kommt die ziemlich unglaubliche Geschichte, wie die Terroristin Ulrike Meinhof im Jahr 1972 seinen Salon betrat: »Sie hatte schwarze Haare, sagte: Ich will die Haare blond. Ich sagte, von Schwarz auf Blond ist schwierig, da brechen die Haare ab. Sie sagte: Machen Sie.« Erst später erkannte der Friseur seine Kundin auf dem Fahndungsplakat.

Sein leicht schwäbischer Singsang. Das fette Silberband, das der Friseur am linken Handgelenk trägt, hat ihm sein Lebenspartner geschenkt, das bunte Tuch hat Barbara Becker einmal bei ihm zu Hause vergessen. Gegen alle Gerüchte, war Berlin vor 1989 nicht eine viel aufregendere Stadt? »Im Gegenteil. Das war bis zum Mauerfall eine durch und durch provinzielle Stadt.« Er weigere sich prinzipiell, an früher zu denken, die am weitesten zurückliegende Vergangenheit sei für ihn gestern.

Jetzt schlagen wir versuchsweise einen ernsten Ton an: Der gesellschaftliche Absturz eines Friseurs ist ja ein eigenes Genre (siehe seinen Münchner Kollegen Gerhard Meir, von dem heute kaum noch jemand redet). Hat er je eine Krise erlebt? Oh ja, vor zwanzig Jahren brachte sich sein

Lebenspartner um, bei Udo Walz wurde Diabetes diagnostiziert. Und noch eine tiefschürfende Frage: Ist es für ihn als prominenten Friseur möglich, sich in seinen Salons auf Mallorca und am Kurfürstendamm vor den Schrecken der Gegenwart, vor IS, AfD, Europakrise und Donald Trump, zu verstecken? Jetzt macht er ein kluges Gesicht: »Schon ein bisschen, oder?« Die Leute gingen zum Friseur, um vom Alltag und von ihren Sorgen abzuschalten: »Der Udo Walz hilft ihnen dabei.«

Also, noch ein bissl Unsinn plaudern. Was hat es zu bedeuten, dass er seinen abendlichen Drink neuerdings nicht mehr in der Paris Bar, sondern nebenan im Wiener Beisl nimmt? Mit dem Kellner im Beisl sei er seit vierzig Jahren befreundet. In der Paris Bar habe er letztens noch den Geburtstag der *Bunte*-Chefredakteurin Patricia Riekel ausgerichtet. Ein Mitarbeiter seines Salons bringt das neue Udo-Walz-Coffeetable-Book vorbei. Der Titel: *Jede Frau ist schön.*

7. Juli 2016

UDO KITTELMANN

Elf Uhr in einem kleinen Straßencafé am Prenzlauer Berg. Seit nun auch schon acht Jahren ist Udo Kittelmann, Ende 50, Direktor der Berliner Nationalgalerie, sein Vertrag wurde letztes Jahr bis 2020 verlängert. Unter den schmallippigen und schmalbrüstigen Kunsthistorikern war es immer schick, über ihn, den barocken Kunstkönig der Stadt, den Mann für den Zeitgeist, den Zirkusdirektor, den Hit-Mann – unvergessen das Ausstellungsmotto »Die Kunst ist super!«, mit dem er in Berlin antrat –, die Nase zu rümpfen.

Er hat, natürlich, die großen Namen (Gerhard Richter, Thomas Demand, Taryn Simon) gezeigt, aber seine Ausstellungen gelten als zu populär, er hat kein Kunstgeschichtsstudium und keine Promotion vorzuweisen, bis zu seinem dreißigsten Lebensjahr übte der Direktor den Beruf des Augenoptikers aus. In der Stadt findet sich, vor allem unter vornehmen Galeristen, ein gewisser Udo-Überdruss. Wir haben ein wenig Angst, dass Kittelmann versuchen wird, bei diesem Frühstück mit besonders akademischen Antworten zu glänzen und so seinem Ruf als Plaudertasche und Entertainer zu widersprechen.

Seine vergnügten Äuglein hinter der Hornbrille. Kaffee,

ein Bio-Ei, die Zigarette brennt. Frage an seine berühmte Intuition: Welchen total abgemeldeten Künstler müsste man mal wieder herausholen?

Tatsächlich, der Direktor genehmigt sich erst einmal eine gewichtige Denkpause. Kittelmann nennt den über neunzigjährigen Kunstprofessor und Kinetiker Günter Haese: »Er passt, wie viele hochinteressante Künstler, auf eine gute Art nicht in die Zeit.« Denkt man als Museumsdirektor in diesen aufgeheizten Zeiten eigentlich automatisch über politische Ausstellungen nach, oder ist das ein Klischee? Er gibt eine lange Antwort, in der einige Standardsätze vorkommen (»Eine Institution wie ein Museum hat sich immer in die gesellschaftlichen Kämpfe einzumischen«). Dann erzählt er, als Beispiel dafür, wie schnell die politischen Verhältnisse sich ändern können, dass es heute unmöglich erscheine, dass er, wie vor drei Jahren geschehen, als Kurator des russischen Pavillons nach Venedig eingeladen werde. Eine Frage, die die Kulturstadt Berlin beschäftigt: Welcher Architekt könnte die Hammeraufgabe lösen, zwischen Hans Scharouns Philharmonie und Mies van der Rohes Neuer Nationalgalerie ein Museum für die Moderne zu bauen? Er wolle dem Wettbewerb und der Jury nicht vorgreifen. Aber: An so einem prominenten Ort müsse ein überzeugender Entwurf gelingen. »Ich glaube sehr an die Kunst der Architekten.«

Jetzt stellen wir mal eine Klugscheißer-Frage: Ist es als ehemaliger Optiker – die Kunst verlagert sich vom Auge ins Gehirn – nur folgerichtig, dass sein Kunstgott Marcel Duchamp heißt? Haha. Was für ein Quatsch. Nein. »Das eine hat mit dem anderen nichts zu tun.« Frage an den Privatmann hinter dem erfolgreichen Museumsmacher: Wie hält er es als lebendiger Mensch im Korsett der Verwaltung aus? Diese Frage macht ihm Freude. Es spricht der Lustmensch und der Lebemann Udo Kittelmann: »Wenn ich nicht so nah an der Kunst wäre, wenn ich es nicht so lieben würde, mit Künstlern zu arbeiten und zu verkehren, dann könnte ich in diesem Job nicht bei guter Laune bleiben.«

Ein Nach-Eichen-Zigarettchen. Ist er manchmal partymüde? Oder gilt die Erfahrung, dass viele wichtige Entscheidungen in der Kunst saufend um halb drei morgens an der Bar getroffen werden? Kittelmann: »Die besten Ideen kommen einem sowieso in der Nacht, in einer Stimmung zwischen großer Ausgelassenheit und Melancholie.« Aufbruch. Der Direktor möchte heute noch die Finanzierung für eine Ausstellung mit der amerikanischen Konzeptkünstlerin, Feministin und Philosophin Adrian Piper für das Jahr 2018 zumachen.

7. August 2016

ANNA MÜLLER

Später Vormittag im Café Bateau Ivre in der Kreuzberger Oranienstraße, gegenüber liegt das Achtzigerjahre-Punkrock-Lokal SO36. Sie ist die späte und einzige Tochter des 1995 verstorbenen Dramatikers Heiner Müller und der Fotografin und Regisseurin Brigitte Mayer. Anna Müller, Jahrgang 1992, hat – das aber auf irgendwie vielversprechende Art – noch nichts ganz Ausgefallenes geleistet, sie war auf dem Internat Salem, studiert Kulturwissenschaften in Frankfurt (Oder), hat bei einer Paparazzi-Fotoagentur gejobbt und ist gerade dabei, mit Freunden einen Buchverlag zu gründen. Im Berliner Nachtleben hat die kleine Müller den Ruf eines sehr trinkfesten und amüsanten Mädchens. Töchter von berühmten Dichtern sind ja ein ganz eigenes Genre (Martin Walser hat gleich vier Töchter, von denen eine Schriftstellerin, eine Dramatikerin, eine Schauspielerin ist, Günter Grass' Tochter Helene ist eine nicht besonders erfolgreiche Schauspielerin).

Sie ist klein, blond, trägt die Junge-Mädchen-in-Kreuzberg-Uniform (Jeans, Holzfällerhemd, Doc-Martens-Stiefel aus Kroko-Fake-Material). Sie sieht, was für eine Freude, exakt wie Heiner Müller als Anfang 20-jähriges Mädchen aus – exakt die berühmte hohe Stirn, der kleine, kluge Mund, die vergnügten, weiß blitzenden Äuglein. Die große Bateau-Ivre-Frühstücksplatte und Kaffee, bitte. Wir müssen, Entschuldigung, gleich mit zwei Vater-Fragen anfangen: Sie war ja erst drei, als ihr Vater starb. Wer oder was hat ihr Heiner-Müller-Bild bestimmt, war das ihre Mutter, ein Buch, eine Theateraufführung? Welches der schweren, grandios aus der Zeit gefallenen Müller-Stücke sagt ihr heute noch am ehesten etwas?

Ihr lässig-nachsichtiger Blick. Sie höre oft, dass sie ihrem Vater sehr ähnlich sehe. Das Bild von ihrem Vater prägten vor allem seine Freunde und Weggefährten: Mit dem Sohn des Schauspielers Martin Wuttke hat sie schon als Kind gespielt, sie sind heute noch befreundet. Das Tolle sei ja, dass praktisch jeder, den sie treffe, eine Geschichte zu Heiner Müller zu erzählen habe. Natürlich, sie habe seine Autobiografie *Krieg ohne Schlacht* gelesen, eine Zeit lang habe sie sich mit Freundinnen nachts nach dem Ausgehen die Gespräche mit Alexander Kluge auf YouTube angesehen. Ihre Mutter sage ihr oft, dass sie die explizite Freundlichkeit ihres Vaters, dessen Fähigkeit zum Smalltalk geerbt habe. Die Stücke? Beeindruckt habe sie *Zement* in der Dimiter-Gotscheff-Inszenierung.

Peinliche Frage: Muss man sie sich als Bücher lesenden Menschen vorstellen? Es fällt der gute Name Walter Benjamin (Studium). Sie lese viel Zeitung im Internet. Anna Müller erzählt von ihrem Verlag, als Erstes möchte sie ein Buch über die Berliner Bar King Size herausbringen. Wie fällt ihre Liebeserklärung an den legendären King-Size-

Türsteher Frank Künster aus? »Er ist ein kuschliger Feminist, versteckt in einem breiten Türsteher-Körper, und er ist kulturell sehr gebildet.«

Sie hat, das ist schon toll, diese brutale Junge-Frauen-Abgeklärtheit. Fühlt sie sich, drei Jahre nach Mauerfall geboren, noch als Ost-Mensch? Irritation. Nein. Ost und West, das sei in ihrer Generation wirklich egal. Wie steht sie zum Sozialismus? Gelächter. Freude: »Darf ich dazu auch gar nicht stehen?«

Es geht jetzt um die latente USA-Feindlichkeit ihrer Generation. In New York, so Anna Müller, könne man nach ein Uhr nachts ja kaum noch einen trinken gehen. Ihre Freundinnen in den USA müssten 100 000 Dollar Schulden aufnehmen, um zu studieren. »Das kann nicht das richtige System sein.« Die Dichtertochter Anna Müller spricht jetzt über die wachsende Muslim-Feindlichkeit in ihrem Viertel Kreuzberg. Großes Theater: Je ernster das Thema, desto schöner das so vertraute, spöttische Müller-Lächeln in ihrem Gesicht. Ihr Freund liegt noch zu Hause im Bett. Den geht sie jetzt aufwecken.

1. September 2016

SIBYLLE MEISTER

Zehn Uhr vormittags in einer Buchkantine genannten Mischung aus Buchladen und Café am Berliner Hansaplatz: Sibylle Meister, seit März Berliner FDP-Vorsitzende, hat sich diesen Ort ausgesucht, sie habe, so sagt sie, eine Affinität zu Büchern, Mitte der Neunzigerjahre leitete sie für ein paar Jahre die Buchabteilung bei Karstadt am Neuköllner Hermannplatz.

Da sitzen wir neben den Taschenbuch-Drehständern. Meister, Anfang 50, sieht im besten Sinn wie eine Frau aus dem Volke aus: Ihre Jeans, ihr Tuch, ihre Uhr, ihre Haarfarbe tragen die Menschen, die in Deutschland in den Fußgängerzonen unterwegs sind. Rührei, Kaffee. Es riecht ein bissl nach Haarspray. Gerade ist die FDP in Mecklenburg-Vorpommern vollkommen undramatisch mit 2,9 Prozent abgeschmiert. Soll man sie jetzt damit quälen, ob es ihr Spaß macht, Vorsitzende einer Splitterpartei zu sein, die in Berlin zuletzt auf 1,8 Prozent geschätzt wurde und eine Woche vor den Wahlen zum Berliner Abgeordnetenhaus bei 4 Prozent steht?

Langsam. Ganz andere Frage: Wie kommt man dazu, in Pinneberg geboren, in Schweinfurt, Nürnberg und München aufgewachsen und zur Arbeit gegangen, 1992, zur Zeit des großen Berlin-Aufbruchs, ins beschauliche Berlin-Reinickendorf zu ziehen? Nun ja, da habe es eine schöne, bezahlbare Dachgeschosswohnung gegeben. Natürlich. Meister tritt in Reinickendorf auch als Direktkandidatin an (es gibt aber kein FDP-Plakat mit ihrem Gesicht). Die Vorsitzende arbeitet, wie praktisch alle Berliner Parteimitglieder, unentgeltlich und ehrenamtlich (alle Achtung, das war dem Reporter so nicht klar).

Ihre prononcierte, deutliche Aussprache, die auf Willenskraft und Durchsetzungsstärke schließen lässt. Jetzt muss sie aber noch mal die durchgedrehten Berliner FDP-Plakate mit der rosa-gelb-blauen Morgenröte erklären: Richtig, dass die Plakate mit der Ästhetik von Norbert Bisky, dem Lieblingsmaler des verstorbenen ehemaligen Außenministers Guido Westerwelle, spielen? Irritation. Sie lobt ihr Wahlkampfteam. Die Dame in der Buchkantine spricht nun lieber vom für Berlin so wichtigen Thema Bauen und Wohnen. Das heißt bei ihr: »Baulücken schließen, Dachgeschosse ausbauen.« Die FDP stehe für mehr Bauen, schnellere Baugenehmigungen. Eigentum sei auch Altersversorgung. Meister, verheiratet, kinderlos, säuselt vom schönen Beispiel einer »kleinen Familie, die im Wachsen sei und eine schöne Eigentumswohnung haben möchte«. Puh.

Sind die öden »Steuern runter«-Zeiten bei der FDP eigentlich vorbei? Entschieden: »Nein.« Sie hoffe, dass die FDP nicht ablasse von dem Thema. Die Mitte und untere Mitte der Gesellschaft, die Krankenschwester, der Assistenzarzt, die Buchhändlerin, sie alle fielen in der Steuerlast in die Progression und zahlten Sozialabgaben: »Ich glaube, dass wir diese Mittelklasse stärker entlasten müssen.« Gut gesprochen, liebe FDP-Vorsitzende.

Blick in das rätselhafte Politikerinnen-Gesicht. Man hat – obwohl einem der Lebensentwurf dieser Frau, soweit er sich bei diesem Frühstück andeutet, und alle ihre Anliegen vollkommen fremd sind – keine Lust, sich über sie lustig zu machen. Weil die Frau Meister aus Berlin-Reinickendorf – daran ist nichts komisch – sich engagiert und das demokratische System in Deutschland darauf angewiesen ist, dass Frauen wie Frau Meister sich engagieren.

Was hat sie bei ihrem wirklich spannend klingenden Job als Buchhändlerin bei Karstadt am Hermannplatz über Berlin gelernt? »Was die Menschen alles lesen! Ich habe gelernt, dass man einem Menschen nicht ansehen kann, was er liest.« Frau Meister von der Berliner FDP hat jetzt einen Termin in ihrem eigentlichen Beruf als Immobilienmaklerin.

29. September 2016

MONIKA GRÜTTERS

Später Vormittag im Kaffeehaus Sarah Wiener im Museum Hamburger Bahnhof in Berlin. Sie kommt mit ihrem Pressesprecher durch den Hintereingang gefegt und fängt, noch beim Stuhl-vom-Tisch-Wegziehen, an zu erzählen: Gestern Abend habe sie in Heidelberg an über einhundert inhabergeführte Buchhandlungen den Deutschen Buchhandlungspreis verliehen, es gehe bei diesem Preis wirklich darum, »die Fläche« der einzigartigen deutschen Buchhandlungs-Landschaft auszuzeichnen – einen ähnlichen Preis verleihe sie auch an Arthouse-Kinos und Musikclubs. Die Botschaft ihres Eröffnungsvortrags: Das ist ein irre aufregendes Leben, das Kulturleben, ich bin mittendrin und habe Ihnen irre viel zu erzählen.

Ihr grandios selbstbewusstes, durch ein katholisches, großbürgerliches, wertkonservatives Elternhaus in Nordrhein-Westfalen geerdetes Auftreten: Monika Grütters, Mitte 50, gebürtig aus Münster, mit 16 der Jungen Union beigetreten, seit 2013 Staatsministerin für Kultur und Medien im Bundeskanzleramt. Spätestens im Juni nächsten Jahres wird sie auch noch den Vorsitz der restlos erschöpften Berliner CDU übernehmen. Ein Rührei mit Schinken, bitte. Ihr gegenübersitzend versteht man, dass ihre viel gerühmte Entscheidungsfreude und Handlungskraft bei ihr wirklich eine körperliche Fähigkeit ist: Sie bebt förmlich vor Charme und Unterhaltungslust, ihre hellblauen Augen wollen gleichzeitig ungeheure Dinge behaupten und staatsmännisch daherreden.

Ist das für sie, als Politikerin, eine Selbstverständlichkeit, dass Frauen nervenstärker sind als Männer? Ja, diese Fragen mag sie. Nein, eine Selbstverständlichkeit sei das nicht, aber – freudiges Strahlen in ihrem Gesicht: »Es entwickelt sich zu einem Erfahrungswert.« Sie kann Männer aber noch ernst nehmen, oder nicht mehr? »Ich nehme Männer natürlich ernst, Frauen übrigens auch. Das hängt immer vom Gehalt ihrer Aussage ab.«

Jetzt müssen wir kurz über ihr elendes Kulturgutschutz-Gesetz reden, das bei Sammlern, Galeristen und bei Georg Baselitz überhaupt nicht gut ankam. Das bürstet sie weg: »Es gibt mittlerweile in weiten Teilen einen professionellen Umgang mit dem Gesetz. Die Unesco hat uns schon ihre Aufwartung gemacht.« Gerne würde sie erfahren, was ihr einst erbitterter Gegner, der Sammler Harald Falckenberg (er hatte mit einer Verfassungsklage gedroht), ein Jahr nach Verabschiedung zur Praxis ihres Gesetzes sagt.

Nächste Frage. Mit Marzahn-Hellersdorf hat sie ein klassisches Problemviertel als ihren Wahlkreis. Widerspruch: Man habe dort das modernste Klinikum Europas, in den Vororten einen tollen Bürgerhausbestand und dörfliche Strukturen. Frau Grütters erzählt, wie sie sich im Kampf gegen die Demokratiefeinde von der AfD mit Petra

Pau von der Linken, mit der sie menschlich gut auskomme, austausche und sie gegen Rechtsextremismus zusammenstünden.

Lieber Himmel, kann sie reden (Urheberrechtsreform, Digitalisierung des kulturellen Erbes, Humboldt-Forum): Es klingt bei ihr alles frisch. Hat sie einen Tipp aus dem Berliner Kulturkalender, mit dem sie uns den Respekt vor der Hochkultur nimmt? Sie empfiehlt Wolfgang Rihms Orchesterstück *Tutuguri*, kürzlich in der Philharmonie aufgeführt. Ist das, in aller Kürze, ihr politisches Programm, dass sie den Konservatismus mit der Großstadt zusammenbringt?

Sie lobt die Integrationsfähigkeit Berlins: »Das finde ich an dieser Stadt so toll: dass sie sich alles einverleibt und es dann meistens gut geht.« Frau Grütters hält nun eine Rede auf den Citoyen, der, im Gegensatz zum Bourgeois, mitmache und seinen Status und seine Privilegien in das gesellschaftliche Ganze zum Vorteil aller einbringe. Plötzlicher Aufbruch. In Bremen tagen die Kultusminister.

27. Oktober 2016

JÖRG THADEUSZ

Späte Vormittagszeit im Berliner Literaturhaus in der Fasanenstraße. Bei ihm heißt es ja immer, er sei der beste Leiter einer Gesprächssendung im deutschen Fernsehen, beweglich, lustig, albern, asozial, bestürzend tiefsinnig und ernsthaft, wenn kein Mensch damit rechnet: Ja, stimmt wahrscheinlich alles. Jörg Thadeusz, der Charmeur. Seine Sendungen (*Thadeusz* und die wirklich geil anstrengende Feuilleton-Gesprächsrunde *Thadeusz und die Beobachter)* laufen leider nicht in der ARD, sondern im Regionalsender rbb. Er trägt ein gut prolliges, in keine Richtung ironisch interpretierbares schwarzes adidas-Reißverschlussjäckchen. Er macht den lustigen Trick, dass er das Rührei mit Schinken schon bestellt und aufgegessen hat, als wir uns zur verabredeten Zeit treffen.

Unter uns Interviewern: Sind die frechen Fragen nicht eigentlich ein Flop? Seine klugen braunen, schon jetzt herrlich gelangweilt guckenden Hundeaugen. Er schaut ein bisschen mitleidig, weil er, natürlich, nachdem er beruflich selbst Fragen stellt, überhaupt keine Frage mehr ernst nehmen kann, auch diese nicht. Also plaudernd einfach in irgendeine Richtung ausbüxen, die nichts mit der Frage zu tun hat: Vom Radio kommend, erzählt Thadeusz, nehme man Zeit ganz anders wahr. Drei Minuten seien zum Beispiel die Zeit, in der man aufs Klo gehen oder sich einen Kaffee am Automaten holen könne. Ach so, wie lautete hier gleich noch mal die Frage? »Das Einzige, was beim Fragen funktioniert, ist Vertrauen. Und Sympathie. Natürlich! Wenn man selbst beim Waterboarding die Wahrheit nicht rauskriegt, was sollen dann unverschämte Fragen bringen?«

Jetzt muss er am 1. Dezember ja wieder den Reporter-Preis, die Verleihung des wichtigen Journalistenpreises, moderieren. Unser Vorschlag: Wir gründen, als Gegengewicht für all die brillanten, gut gemeinten und gähnend langweiligen AfD- und Flüchtlings-Reportagen, den Frische-Preis, eine gesonderte Auszeichnung für unabgegriffene Wendungen und unterhaltsame Einstiege. Haben wir da seine Unterstützung? Er tut überrascht: »Diesen Preis hätten viele der in den letzten Jahren ausgezeichneten Arbeiten gewonnen.« Ach, so muss man das also sehen!

Jetzt werden, enorm kurzweilig und amüsant, ein paar sehr komplexe Themen sehr schnell hintereinander durchgenommen. (Politikverachtung und das Phänomen, dass der aufgeklärte Bürger heutzutage fast die Pflicht hat, wenigstens einen Politiker zu mögen: Bei ihm sind das, durch alle Parteien, die Querköpfe der Politik, Jürgen Trittin, Christian Lindner und immer, allen voran, der alte SPD-Kanzler Gerhard Schröder.)

Sein nicht immer angenehmes Kokettieren mit seiner Dortmunder Arbeiterherkunft. Von welchen Verhältnissen spricht er da konkret? Sein Vater war Elektriker, die

Mutter Friseurin. Gut, das sind sie wohl, die einfachen Verhältnisse. Thadeusz zitiert den Proletarier-Humor seines Vaters, der nicht immer lustig, aber eben beinhart und auf den Punkt gewesen sei. Hat der Unterhalter Thadeusz ein Geistesvorbild aus den, keine Ahnung, Zwanzigerjahren, Siegfried Kracauer oder so jemanden? Den kennt er nicht mal. Thomas Gottschalk habe er mal vor 4000 Handwerkern in Hof bei einer *Wetten, dass..?*-Probe gesehen: Seitdem sei Gottschalk für ihn Kaiser und Gott in einer Person.

Thadeusz hat das Gegeninterviewen gut drauf, anstatt Antworten zu geben, stellt er jetzt die Fragen. Ironie, Häme und die scheinbare Allwissenheit von Journalisten, die gehen ihm auf die Nerven. In welche ARD-Moderatorin ist er, neben seiner seit 25 Jahren andauernden Beziehung, gerade besonders verliebt, eher in Anne Will oder doch in Caren Miosga? Die komplett unironische Antwort: »Ich bin in beide, wie beide wissen, seit Jahren treu verliebt, und es bleibt in beiden Fällen unerwidert.« Groß.

24. November 2016

KLAUS LEDERER

Das ist lustig mit den Frühstückscafés – der seit voriger Woche amtierende neue Berliner Kultursenator Klaus Lederer von der Linken, Anfang 40, sucht sich das Café aus, das gleich nach der Wende eröffnete und ein Treffpunkt der Mitarbeiter von Castorfs alter Volksbühne und der Intelligenzija des alten Ostberlins ist (das Blaue Band in der Rosenthaler Straße). Erst mal muss vor dem Café ein selbst gedrehtes Zigarettchen geraucht werden.

Ist das jetzt blöd, wenn man sagt, dass man ihm ansieht, dass er aus dem Osten stammt? Tut man halt (kurze Haare, schwarzes Reißverschluss-Jäckchen, die berühmten zwei Silberohrringe). Der Senator wirkt ein wenig wie ein Mitglied der ostdeutschen A-cappella-Gruppe Die Prinzen, und tatsächlich, in den frühen Neunzigerjahren sang Lederer in der Gesangsgruppe Rostkehlchen am Prenzlauer Berg.

Rühreier mit Champignons. Wir legen, zum Einstieg, eine anstrengende Frage auf den Tisch. Noch vor seinem Amtsantritt hatte der designierte Senator sich Ärger eingehandelt, weil er in einem Radiointerview darüber nachgedacht hatte, die Personalie Chris Dercon – der soll im

September bekanntlich die Volksbühne übernehmen – »überprüfen« zu wollen. Nutzt er dieses Interview, um sich beim neuen Volksbühnen-Chef zu entschuldigen?

Gequältes Gesicht beim Senator: »Fürs Nachdenken braucht man sich nie zu entschuldigen.« Ach so, stimmt. Er halte es für eine demokratische Selbstverständlichkeit, nach der Wahl keine andere Position als vor der Wahl zu vertreten: »Es ist die Frage, ob es für Herrn Dercon in Berlin nicht andere Orte mit Perspektive gibt.« Kriegt Dercon seine Spielstätte am Tempelhofer Feld? Das kann er derzeit noch nicht zusagen.

Jetzt hat er sehr schnell, flüssig und auf Berlinerisch, ganz viel erzählt, das voll okay und weiter nicht der Rede wert ist: So spricht der Kulturpolitiker. Aus der Hüfte geantwortet: Ist Kultursenator einfach lustiger als Sozialsenator? »Lustig ist kein Kriterium.« Berlin sei eben nicht als Industrie- oder als Bankenstadt bekannt, sondern für seine Kultur. Ihm gehe es, unter anderem, darum, die vielen unbesetzten und freien Kulturräume, die nach der Wende entstanden seien, zu erhalten. Lederer nennt das Schokoladenmuseum und den Eimer als verdrängungsbedrohte Kunsträume.

Wahnsinn. Wie kriegt man aus diesem sich so jugendlich und sympathisch gerierenden Mann einen Satz heraus, der nicht komplett nach Linken-Kultursenator klingt? Anders gefragt: Wie kriegen wir seine Ost-Seele zum Schwingen? Teilt er den Blick der Linken-Spitzenkandidatin Sahra Wagenknecht, der die kaputten Trump-USA fremder sind als das kaputte Putin-Russland?

Er habe beide Länder, die USA und Russland, bereist. Und jetzt kommt er doch ins Erzählen aus seiner ganz normalen, gebrochenen Ost-Biografie: gleich sehr interessant. Lederer, in Schwerin geboren, in Frankfurt (Oder) aufgewachsen, war 14, als die Mauer fiel. Sein Blick auf den Kapitalismus sei natürlich vom Osten geprägt. Mieten runter, Kampf gegen Armut, mehr Geld für soziale Infrastruktur: Links sein, das bedeute für ihn, sich immer zu fragen – ach, du schöne Linken-Poesie –, ob es nicht auch anders geht. Eine Menge, so der bekennende Schwule Klaus Lederer, sei für ihn kaputtgegangen, als erst in St. Petersburg, dann in ganz Russland die grauenhaften Gesetze gegen Homosexuelle erlassen wurden.

Noch eine Selbstgedrehte vor der Tür. Ist das realistisch, dass Rot-Rot-Grün 2017 im Bund an die Regierung kommt? »Die Koalition muss sich aus Berlin heraus bewähren. Wir müssen liefern.« Ein Zufall, dass er die zwei Silberringe im linken Ohr trägt? Nee. Das wird ihm jetzt wirklich zu bescheuert.

29. Dezember 2016

STEFAN NIGGEMEIER

Zehn Uhr morgens in einem Café in Prenzlauer Berg. Stefan Niggemeier, Jahrgang 1969, Deutschlands bekanntester Medienjournalist. Er sieht wie der durchschnittliche Hauptstadt-Hipster aus (Berghain-Frisur, Vollbart, Holzfäller-Hemd). Bekannt wurde Niggemeier mit einem Blog, in dem er der *Bild*-Zeitung – stets gut gelaunt, angriffslustig, natürlich beinhart genau recherchiert – Verfehlungen, Unwahrheiten, Recherchefehler, Verstöße gegen den Pressekodex nachwies. Jede Woche erscheint seine Kolumne in der *Frankfurter Allgemeinen Sonntagszeitung,* seit Oktober letzten Jahres heißt sein Blog *Übermedien.* Des Medienjournalisten Feinde (Claus Strunz, Henryk M. Broder, Julian Reichelt von *Bild.de* und Matthias Matussek) sprechen für ihn.

Rühreier mit Lachs. Die journalistentypische Unruhe und Wachsamkeit sitzen mit am Tisch. Spätestens seit der Kölner Silvesternacht schlägt dem Beruf des Journalisten durch alle Bevölkerungsschichten eine so nie da gewesene Verachtung entgegen. Und Journalisten hören ja jetzt immer wieder, das »verloren gegangene Vertrauen der Leser« müsse »zurückgewonnen« werden. Aber: Ist Vertrauen im

Verhältnis zwischen Journalisten und Lesern denn überhaupt eine sinnvolle Kategorie?

Er denkt volle fünf Sekunden lang nach. Viel Vertrauen habe es da ja nie gegeben, Journalisten stünden in der Beliebtheit traditionell noch unter Politikern. Früher habe ein Peter Scholl-Latour im Fernsehen aus Kambodscha berichtet, heute googelten sich die Leute ihre eigenen Reportagen zusammen. Die Gekränktheit der Journalisten, so Niggemeier, habe natürlich damit begonnen, dass jeder ins Internet hineinschreiben und seine eigene Geschichte erzählen konnte. Hm. Also weiter zur entscheidenden Frage: Jetzt, wo das Journalisten-Bashen von Trump bis zur AfD zum Geschäft der neuen Rechten gehört, muss er seinen Job, die Medienkritik, da nicht neu einstellen?

Ja. Doch. Zwei Punkte: Es müsse ihm, erstens, egal sein, ob die berechtigte Kritik an Journalisten von anderen Leuten missbraucht werde. Zweitens: Er sei als Beobachter der Presse schon leiser, bedächtiger und abwägender geworden.

Gefährliches Terrain, weil in diese Richtung auch die AfD agitiert: Ist es nicht einfach richtig, dass es – besonders unter deutschen Qualitätsmedien – seit Jahrzehnten ein linksliberales Meinungskartell gibt? Nein. Man müsse sich nur die überregionalen Zeitungen angucken. *FAZ* und *Welt* seien nicht Teil eines linksliberalen Konsenses. Sein Gefühl sei auch, dass die normale deutsche Lokalzeitung eher konservativ eingestellt sei.

Kurz zu den heiklen Vorwürfen der sexuellen Belästigung gegen den ehemaligen *Bild*-Herausgeber Kai Dieckmann, über die der *Spiegel* berichtete: »Ich möchte mir da kein Urteil erlauben.« Pauschal gefragt: Wird es Trump gelingen, in den USA die Pressefreiheit abzuschaffen? »Er wird ihr schaden. Abschaffen kann er sie nicht.« Wie beurteilt er die hübschen Rangeleien, die er sich seit Jahren mit dem *ZEITmagazin*-Kolumnisten Harald Martenstein liefert? Nee. Stopp. Hübsch finde er diese Auseinandersetzung nicht, aber wichtig. Niggemeier wiederholt den Vorwurf, dass Martenstein in seinen brillant formulierten Kolumnen immer wieder Denkfaulheiten unterliefen. Damit bewege sich der Autor, so hart müsse er das leider ausdrücken, immer wieder an der Grenze zum Ressentiment.

Jetzt haben wir, frühstückend, fast zu viele ernste Dinge beredet. Der Medienblogger ist ja auch bekannt dafür, dass er sich fürs Fernsehen nie zu fein war – das *Dschungelcamp* hat er gefeiert, bevor das unter Intellektuellen schick war. Hat er nicht mal wieder Lust, eine donnernd positive Fernsehkritik zu schreiben? O Gott, das deutsche Fernsehen. Noch einen Kaffee.

19. Januar 2017

MICHEL WÜRTHLE

Zwölf Uhr mittags in seiner Wohnung am Kreuzberger Paul-Linke-Ufer: Hier ist er vor Jahrzehnten hingezogen. Ein tolles Durcheinander aus Büchern, Zeitschriften, Kartons, Kleiderständern, Kunst: Viel schöner und lässiger zusammengehauen kann ein Lebensfazit nicht aussehen. Michel Würthle, irgendwo in seinen Siebzigern, im österreichischen Salzkammergut geboren, kam 1972 nach Berlin, gründete mit Ingrid und Oswald Wiener das Restaurant Exil, übernahm 1979 die Paris Bar auf der Kantstraße. Er stammt also noch aus der dunklen Zeit, als ein Beate-Uhse-Laden der einzige glamouröse und lichte Ort in Berlin war (Siebzigerjahre). Heute ist Berlin ganz einfach aufgebaut: Im Osten gibt es ein paar gute Lokale, im Westen gibt es die Paris Bar. Der Barmann ist sein Leben lang, praktisch im Nebenjob, immer Künstler gewesen – seine Stammgäste nennen Michel Würthle respektvoll einen Artist-Artist.

Der Grandseigneur bittet in seine Küche. Es gibt Instantkaffee von der Firma Gut & Günstig. Er raucht. Er sagt in seinem Wiener Slang: »Ich frühstücke nie, aber ich kann dir gerne ein paar Eier machen.« Dieser Michel

Würthle sieht, was in der hässlichen Stadt Berlin immer noch auffällt, auf eine grandios altmodische Art soigniert aus (wie eine Mischung aus Jean-Paul Belmondo und Prinz Philip, dem Duke of Edinburgh). Eine Frage war, wie viele Knöpfe zur späten Frühstückszeit an seinem Hemd aufgeknöpft sein würden. Er trägt ein kakifarbenes Wrangler-Hemd, die oberen drei Perlmuttknöpfe stehen offen.

Hmm. Sein gemütliches, morgendlich muffiges Gesicht. Soll er jetzt wirklich Fragen beantworten? Also bitte, er erzählt lieber irgendetwas: Er frühstücke, wie gesagt, nicht viel, aber in Wien sei er gegen elf Uhr morgens für ein sogenanntes Gabelfrühstück zu haben – ein kleines Gulasch, Makkaroni, Reste von einem Braten. Wie sind seine Gefühle um zwölf Uhr morgens? Ja gut, man müsse die schlechten Gefühle wegsortieren, melancholisch sei man selbstverständlich zu jeder Tageszeit.

Lustig, es gibt da ein paar interessante Fragen, die der Nichtfrühstücker Würthle – man sieht es ihm an – schlicht keinen Bock hat zu beantworten: Freut er sich, dass Martin Schulz gerade die SPD rettet? Welche war die tollste Frau, die ihm in vierzig Jahren Paris Bar begegnet ist? Kann er von einer speziellen Sorte Klugheit berichten, die sich nach zwanzig kleinen, eisgekühlten Wodka einstellt? Nein, das ist ihm alles zu obszön, zu banal, zu naheliegend: »Bitte! Lass mi' in Ruh mit dem Schaas.« (»Schaas« ist österreichisch für »uninteressante Dinge«.) Was hätte sein Lebensfreund, der vor zwanzig Jahren verstorbene Martin Kippenberger, wohl zur AfD gesagt? »Na, er hätte gekotzt, so wie er immer gekotzt hat.«

Er holt nun ein Buch über den amerikanischen Westernfilm hervor und erklärt, sehr engagiert, sehr kenntnisreich, worauf es ankomme bei Western: Die Handlung sei egal, die könne von ihm aus immer dieselbe sein. Ihm gehe es einzig und allein um *Style*, um Haltung. John Wayne in *Rio Bravo*, Jimmy Stewart in *Destry Rides Again*. An die zehn Zigaretten raucht er weg, während er eine Stunde lang über Klassemänner doziert, die noch von ganz früher, aus einer anderen Zeitrechnung stammen.

Er grinst. Aber eben immer nur ein bissl. Seinen Schmäh und seine Weisheit, die gibt es nur bei Leuten, die lange Jahre in Lokalen gearbeitet haben. Er bezeichnet sich, was schön klingt, als *jeune vieillard* (»junger Greis«). Im Ernst, Michel: Jetzt, wo ein Vollidiot im Weißen Haus sitzt, der nie ein Buch gelesen hat und die Kunst verachtet, was bleibt dann von unserem Lebensentwurf? Sechs Paar Pferdelederschuhe?

Ernste Frage, ernste Antwort. Nur so viel: Es sind bei ihm eher sechzig als sechs Paar handgemachte Schuhe.

23. Februar 2017

ALICJA KWADE

Zehn Uhr morgens in einem mit Lenin-Büsten dekorierten Café oberhalb der Torstraße. Fragt man herum, welcher Künstler oder welche Künstlerin es in der schon länger nicht mehr so jungen und wilden Kunststadt Berlin eigentlich noch bringt, hört man fast ausschließlich ihren Namen: Alicja Kwade, 1979 im polnischen Kattowitz geboren, mit acht Jahren nach Deutschland gekommen, seit ihrem 19. Lebensjahr in Berlin. Kwade ist klassische Konzeptkünstlerin (Skulptur, Bildhauerei), im Mai wird sie bei der Venedig-Biennale im Deutschen Pavillon ausstellen. Der Arbeit mit großen, symbolisch aufgeladenen Dingen (Stein, Glas, Ketten, Spiegel, Uhren) geht bei ihr eine akribische Gedankenarbeit und das Wühlen in Büchern der Philosophie, Physik und Mathematik voraus (die Künstlerin kann ganze Abende lang über Werner Heisenberg referieren).

Da sitzt eine zierliche, toll wach und angeschaltet wirkende Frau am Tisch, die ein klares Bewusstsein davon hat, dass eine grüne Seidenbluse zu rotem Haar und weißem Teint natürlich super aussieht. Das hart gekochte Ei isst sie, ein Gruß an ihre polnische Herkunft, mit Meerrettich und roter Beete. Kwade erzählt, dass sie um die Tageszeit normalerweise schon zwei, drei Arbeitsbesuche bei Werkstätten hinter sich habe. Wann hat sie sich zum letzten Mal produktiv über Kunst unterhalten? Ja gut, sie rede ständig über Kunst, nicht immer produktiv, naturgemäß am öftesten mit ihrem Berliner Galeristen Johann König – meistens über ganz praktische Fragen: Gestern habe sie ihm geschrieben, dass sie gerne ein größeres Projekt in den Pariser Tuilerien angehen würde.

Eine Spießerfrage – vielleicht denken so nur die Leute, die keine Kunst machen und in Großraumbüros arbeiten: Hat sich das Kunstmachen seit Trump und Brexit verändert? Sind diese politisch angespannten Zeiten gut für die Kunst? Ihr Blick bittet um Verständnis: Da könnte sie jetzt drei Frühstücke lang drauf antworten. Sie denke unentwegt über Politik nach (Flüchtlingskrise, Europakrise): »Ich bin sehr aufgebracht über politische Ereignisse, mich geht das total etwas an. Aber ich würde das nie nach außen vermitteln.« Ihre Kunst beschäftige sich nicht mit tagespolitischer Aktualität, sondern den uralten philosophischen Fragen: Warum sind die Dinge so, wie sie sind? Wie entstehen Ängste, wie Gruppendynamiken? »Ich habe ein gewisses Interesse. Mein Interesse ist es, den Homo sapiens zu verstehen, inklusive mich selber.«

Gibt es das, eine Intellektualitätsfalle? Also, kann man als Künstlerin auch zu hart und zu lange nachdenken? »Kann man, ja. Weil durch Denken ja auch Spontanität und Intuition verloren geht. Ich bewundere auch Künstler, die einfach so drauflos hauen. Ich kann es ganz, ganz schwer. Ich brauche manchmal für jeden Zentimeter eine Erklärung.«

Schau an: Das Fragen-Beantworten ist bei ihr ein leichtes und lebhaftes Spiel – sie beherrscht beides, das Plaudern und die enorm verdichtete, pointierte, konzentrierte Aussage (meistens legt sie beide Stimmungen in eine Antwort). Sie soll jetzt kurz zu den sich widersprechenden Gerüchten, ihre polnische Herkunft betreffend, Stellung beziehen, sie stamme entweder aus einem beinharten, brandgefährlichen Arbeitergetto oder aus einer Künstlerfamilie (beides ist Quatsch, sie hat keine Lust mehr, diesen Unsinn zu kommentieren).

Die Doppelkreuzkette, die sie um den Hals trägt, hat übrigens der amerikanische Künstler Jonathan Horowitz hergestellt. Kwades langjähriger Lebenspartner, der Künstler Gregor Hildebrandt, hat sie ihr geschenkt. Ja. Und so weiter. Sie hat jetzt einen Termin bei der Traditionsgießerei Noack im Wedding. Die eintausend anderen Dinge, die interessant wären, bespricht man vielleicht besser mal mit einem Bier in der Hand.

30. März 2017

JOSEPH VOGL

Später Vormittag, ein Café in Berlin-Kreuzberg, das mit der Auslage täglich wechselnder Zeitungen wirbt. Jedes Jahrzehnt leistet sich ja etwa einen Geisteswissenschaftler und Denker, der über die akademischen Kreise hinaus bekannt wird und über den dann auch, bei schönen Abendessen, ein bisschen was gesagt werden können muss. Seit Veröffentlichung seines Bestsellers *Das Gespenst des Kapitals* (2010) nimmt Joseph Vogl, bald 60 Jahre alt, Kultur- und Medienwissenschaftler an der Humboldt-Universität Berlin, diese Position ein. Vogls Forschungsschwerpunkt liegt, grob gesagt, bei der Verschränkung von Wissen und Literatur, er schaut sich zum Beispiel ökonomische Phänomene mit dem Blick des Germanisten an.

Weißwürschtl und Kaffee, keine Eier. Problem: Man braucht ihn nur mit einem Stichwort wie »Europa« anzutippen, und es kommt ein blitzender, atemlos vorgetragener Essay aus ihm hervorgesprudelt. Sein alter Studienfreund, der im letzten Jahr verstorbene Roger Willemsen, hat Joseph Vogl einmal als »den klügsten Menschen, den ich kenne« bezeichnet. Wie kriegen wir das also hin, dass dieses Frühstück nicht in einer Vorlesung endet?

Gibt es die Finanzkrise eigentlich noch? Oder warum liest man neuerdings so wenig davon? Heftiges Nicken des Professors. Die Finanzkrise habe natürlich auch zu einer Sklerotisierung, also zu einer Verödung politischer Institutionen geführt. Der Begriff der Krise impliziere, dass es einen Grund zu Optimismus gebe – seit den achtziger Jahren aber reihe sich Finanzcrash an Finanzcrash, das System sei strukturell instabil, niemand könne sich auf die Gesetzmäßigkeit, Ordnungskraft und Verteilungsgerechtigkeit der Märkte berufen. Jetzt sind wir ja schon mitten in seinen Bestseller-Thesen. Toller Effekt: Man hört ihm an, dass sein Gehirn etwa dreimal so schnell arbeitet, wie sein Mundwerk Sätze bilden kann. Der routinierte Kommunikator Joseph Vogl: »Sie sagen bitte einfach, wenn ich zu viel rede und den Mund halten soll, ja?«

Zur Bundestagswahl. Teile der CDU langweilen sich ja offenbar, sonst würden sie nicht wieder mit der behämmerten Leitkultur anfangen. Welches Wahlkampfthema würde er der Regierungspartei empfehlen? Er verschärft den Ton, setzt einen harten Gesichtsausdruck auf. Die CDU habe das Flüchtlings- und Abschiebe-Problem als Thema gefunden, und es wirke. Wenn dreißig Afghanen in ein Kriegsgebiet abgeschoben würden, habe das statistisch keinen Effekt, aber es wirke symbolisch, nach dem Motto: Die tun was. »Lassen Sie es mich zugespitzt ausdrücken: Es lohnt sich für die CDU, insbesondere gegenüber nicht anerkannten Flüchtlingen, Gesten der Unmenschlichkeit auszustellen.«

Klassische Joseph-Vogl-Themen, die beim Weißwürschtl-Essen durchgenommen werden: linker Populismus à la

Jakob Augstein und Chantal Mouffe; der Deutschen Lieblings-Schreckgespenst Rot-Rot-Grün; sein ewiger Lieblingsroman, Musils *Mann ohne Eigenschaften,* dessen Vorkriegsahnung heute wieder aktuell sei.

Eine ganz auf ihn zugeschnittene Frage: das Sloterdijk-Problem. Kann man den Schritt raus aus der Uni machen und ein öffentlicher Intellektueller werden, ohne – streng genommen – nur noch banale Verlautbarungen von sich zu geben? Den nun folgenden Vortrag müsste man eigentlich auf einer ganzen Zeitungsseite abdrucken. Zitat: Die »Erhöhung von Redeangeboten in akademisch nicht formatierten Bereichen« sei natürlich eine Einladung zur Produktion von Quatsch, also rhetorischen Schwellkörpern. Strukturell begleite den Produzenten von Zuspitzungen, Pointen und handlichen Thesen immer ein schlechtes Gewissen. Klar.

Eine Nach-Frühstücks-Zigarette, dann geht der Professor nach Hause: im Liegen Gutachten verfassen.

11. Mai 2017